# スマイル・ムーンの夜に

宮下恵茉

鈴木し乃・絵

ポプラ社

# スマイル・ムーンの夜に

# スマイル・ムーンの夜に

もくじ

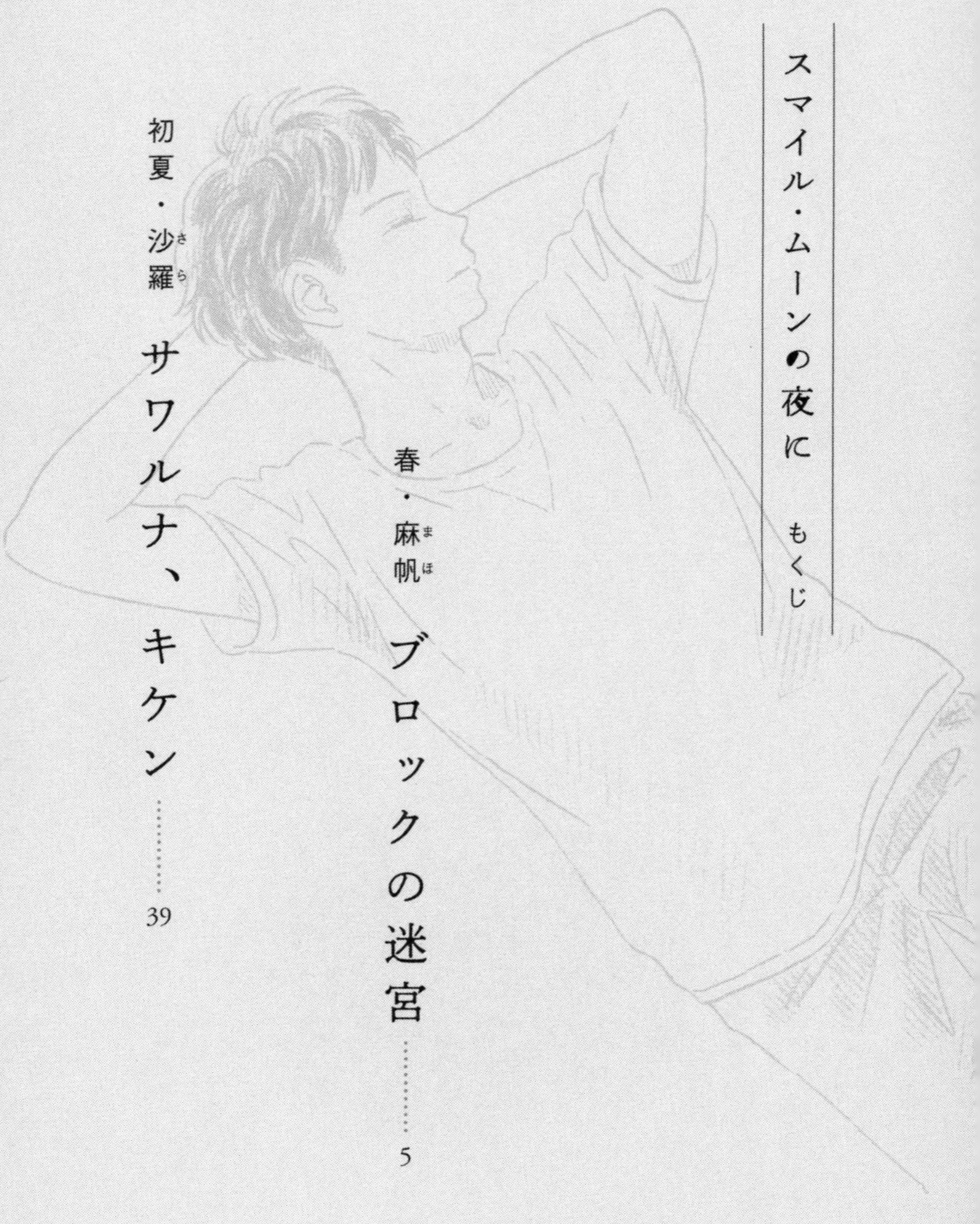

# 春・麻《ま》帆《ほ》　ブロックの迷宮

# 一

黄色、水色、紫《むらさき》、赤、オレンジ……。
カラフルなブロックが上から落ちてきて、一列そろうと消えていく。
それだけの単純《たんじゅん》なゲーム。
薄暗《うすぐら》いトイレの中で、わたしは息をつめ、ひたすらスマホの画面を連打し続ける。
そこへいきなり、あいつが現れた。
どうひっくりかえしても、どこにも収《おさ》まらないやっかいもののブロックが。
（……きた！）
指先に、緊張《きんちょう》が走る。
（とりあえず、こっちに置いて、先にこれをそっちにやって……）

だけど、ブロックは容赦《ようしゃ》なく次々と落ちてきて、わたしの指は、そのスピードに追いつけない。

あっという間に、画面はブロックでうめつくされ、『ゲームオーバー』という文字がちかちか光った。

「ああっ、もう！」

思わず声が出てしまい、あわてて口を押《お》さえる。

しばらく耳を澄《す》ませていたけど、ドアの向こうは、しーんと静まり返っている。

（……よかった、誰《だれ》もいないや）

便器のふたに座《すわ》ったまま、ほっと息をつく。

外は、五月晴れのおだやかな天気。

なのに、トイレの中は、妙《みょう》にうすら寒い。

遠くで誰かの笑い声がきこえたような気がして、わたしは自分の指に、そっと息をふきかけた。

休み時間になるたび、わたしはいつもトイレに直行する。そして、次のチャイムが鳴るまでの間、ずっと個室にこもり、スマホの無料ゲームをしている。

今ハマっているのは、テトリス。

だけど、なかなか次のステージに進むことができない。

ざわめく教室の中に、ひとりでいるなんて耐《た》えられない。それなら、ゲームで時間をつぶすほうがずっといい。

休み時間は、きらい。

なにをすればいいかわからないから。

本を読んだり、誰かとおしゃべりをしたり、隣《となり》のクラスの子に会いにいったり。

他の子たちは、どうしてあんなにも自然に、休み時間を楽しむことができるんだろう？

わたしには、授業と授業の間にあるこのぽっかりとした時間を、どうすごせばいいのかわからない。

（昼休みが終わるまで、あと六分かあ……）

あと一回くらいなら、できるかも。

リセットボタンを押して、画面をクリアしたとたん、
コンコンコン！

外から、せわしないリズムでドアをたたかれた。

おどろいて、スマホを落としそうになる。

「麻帆《まほ》っ！　ここだろ？　開けて」

その声に、ほっと安心してから、素早くかぎを開けた。

ドアの向こうには、腰《こし》に手をあてた中澤沙羅《なかざわさら》が立っていた。

沙羅は、この学校でただひとり、わたしがフツーにしゃべることができる存在《そんざい》。といっても、わたしたちは決して『友だち』ではない。

子どものころから同じテニススクールに通っているけど、『おさななじみ』というのも、ちょっと違《ちが》う。『仲間』ってわけでもないし、『知り合い』というには距離《きょり》が近すぎるし、ダブルスのペアを組む『相手』というべきか……。

わたしたちをあらわす適当な言葉が思いつかないけど、とにかくそういう微妙《びみょう》な関係だ。

「あんた、またこんな狭《せま》くてくさいとこで、ちまちまスマホいじってんの？」

「シッ！　大きい声出さないで」

あわてて腕《うで》をつかみ、個室の中にひきずりこむ。

「誰《だれ》かにきかれちゃうでしょ」

沙羅はそれには答えずに、棚《たな》に置いた弁当袋《べんとうぶくろ》を見て目を剝《む》いた。

「ゲッ、あんた、弁当までここで食べてんの？　マジ、ひくわ。せめてドアくらい開ければ？」

そういって、ドアノブを回す。

「開けないでってば！」

とっさに手を出して、開きかけたドアを閉《し》めた。

「先生に見つかったら、スマホ没収《ぼっしゅう》されちゃうよ。お願いだから、だまって」

「それなら、持ってくんなよ。校則違反《いはん》だろうが」

わたしは、わざとらしいくらい大きなため息をついて、沙羅をにらみつけた。

（よく言うよ。そっちこそ、全身校則違反のくせして）

マスカラでしっかり持ち上げられた、長いまつげ。

うすい耳たぶに光る金色のピアス。

シャツの胸元《むなもと》は第二ボタンまで開いていて、学校指定のものではないネクタイが、ゆるく結んである。

化粧《けしょう》も、ピアスも、制服の着こなしも、全部校則違反《いはん》。

なのに、どれもにくたらしいほど似合っている。

元々、整った顔なのに、着かざれば着かざるほど沙羅《さら》は美しくなる。自分にはなにが似合うのか、ちゃんとわかっているのだ。

「今日は、学校にきてたんだ?」

気を取り直してそうきくと、沙羅はまつげを指で整えながら答えた。

「まあね。今日は、結構早く目がさめたし、天気もよかったし、水曜だから数学と理科がないし、いってもいいかな~って思ったから」

「……へえ。それはよかったね」

あきれてそう答えたら、ドアの向こうから誰《だれ》かの足音がきこえた。

どきんと心臓《しんぞう》がはねあがる。

「見て、あそこ。ふたりでトイレ入ってるし」

「キモッ！　あいつらじゃない？」

「絶対そうだよ。こんなとこで、なにやってんだろ」

最初の声は、同じクラスの大泉優香《おおいずみゆうか》だ。一緒《いっしょ》にいるのは、たぶん、大泉さんと同じソフトテニス部の子たち。

（あ〜、みつかっちゃった……）

こっそり息をつく。

わたしと沙羅は、大泉さんたちにきらわれている。

なぜなら、わたしたちが『学校外』で、『硬式《こうしき》』テニスをしていて、なおかつ朝礼で『表彰《ひょうしょう》』されたりするから。

公立の中学は、ほとんどが『軟式《なんしき》』のテニス部だ。だから、市の大会で上位に勝ち進むことは難《むずか》しい。

反対に、硬式のテニス部はほとんどないから、わたしたちは部活動をしていなくても、学校登録でたまに市の大会に出場することがある。

スクールで本気でテニスをしている子は、ローカルな市の大会なんて出ない。だから、わたしたち程度の実力でも、上位に入賞することができる。

それが大泉《おおいずみ》さんたちにとっては癇《かん》にさわるようで、ことあるごとに、わたしたちにつっかかってくる。

だからなるべく顔を合わせないよう、休み時間になるたびに、あっちのトイレ、こっちのトイレと移動して、自分の存在《そんざい》を消しているのに、沙羅《さら》のせいでみつかってしまった。まったく、舌打ちしたくなる。

「そんなに教室にいるのがいやなら、いちいち学校にくんなよ」

大泉さんの声のあと、

「ホント、それ」

「存在が、目ざわりだし」

他の子たちも、吐《は》きすてるように言う。

（こなくていいなら、わたしだって学校になんてこないよ）

学校にくる以外に選択肢《せんたくし》がないから、しぶしぶきているだけなのに、『存在が目ざわり』とか言われても、じゃあ、どうすればいいのってききたくなる。

……もちろんそんなこと、できるわけないんだけど。

「もう受験生なのにさ、あいつら、どうする気なんだろ」

「トイレで考えてんじゃない？　ほら、あるじゃん。なんかそういう銅像」

「なにそれ、ウケる〜！」

ぎゃははと笑い声がトイレにこだまする。

（ああ、お願い。ここから出ていって）

便器の上で身をちぢこまらせていたら、いきなり沙羅が個室のドアを開けた。

「さっきから、ぎゃあぎゃあうるせえな！」

（ひいーっ！　なに言うのっ）

わたしは沙羅を押《お》しのけて、またドアを閉《し》めようとしたけれど、あっけなく阻止《そし》された。

「集団じゃねえと、なんにもできねえおまえらのほうが、キモイんだよ！」

沙羅《さら》が、大泉《おおいずみ》さんたちに向かって声をはりあげる。

「はあ〜？　なにそれ」

「あんたなんかに言われたくないし」

大泉さんたちの声をさえぎるように、沙羅が強烈《きょうれつ》な一言を放つ。

「だまれ、ドブス」

（うわあ……）

それ、沙羅が一番言っちゃだめなやつじゃん……。

「……だっ、誰《だれ》がドブスよっ！」

大泉さんが、いちだんと声をはりあげる。

「あんたら」

沙羅がフフンと鼻で笑う。

その悪そうな笑顔は、思わずうっとり見つめてしまいそうなくらい美しい。

ど迫力《はくりょく》の目力でにらみつける沙羅VS大泉さんをふくむソフトテニス部の女子四人。どちらも完全に臨戦《りんせん》態勢だ。

（ど、どうしよう）

目をつむって、さっきよりもさらに身をちぢこまらせていたら、入り口のドアがきしむ音がした。

「あ、優香《ゆうか》。ここにいたんだ」

このピリピリとはりつめた空気にまったくそぐわない明るいかわいらしい声が響《ひび》く。

その声に、はじかれたように立ち上がる。

個室から顔を出すと、トイレの入り口に女の子がひとり立っていた。

「さっき先生が、優香のこと、さがしてたよ」

そう言ってトイレのドアを手で押《お》さえたまま首をかしげて立っているのは、うちのクラスの学級委員・田原《たはら》のぞみさんだった。

「……あれ？　もしかして、なんか話してるとこだった？」

田原さんがきょとんとした顔で尋《たず》ねると、大泉さんたちは顔を見合わせた。

「ううん、別に」

「先生、なんの用だろ」

大泉《おおいずみ》さんたちは、言い訳《わけ》するようにぶつぶつ言いながら田原《たはら》さんの横をすりぬけて、トイレから出ていった。

その姿《すがた》を見送ってから、田原さんはわたしたちに向かって小声でささやいた。

「大丈夫《だいじょうぶ》だった？」

（……へっ？）

一瞬《いっしゅん》、なんのことかわからなかったけど、すぐに気がついた。

（あ、もしかして今のって、わたしたちを助けてくれたのか。……さすが田原さん！）

学級委員の田原さんは、わたしのあこがれの人だ。

友だちがたくさんいて、勉強もできて、先生からも信頼《しんらい》されて。いつもにこにこしていて、誰《だれ》からも好かれている。

田原さんを見ていたら、わたしもこうなれたらいいのになっていつも思う。

もちろん、絶対になれっこないってわかってるんだけど。

「あ、あの、ありがとうございます。大丈夫です」

おどおどしながらそう言うと、田原さんは満足そうにうなずいた。

「よかった。じゃあ、わたしもいくね」

まっ白な歯を見せてにっこりほほえむと、田原さんはドアから手を離《はな》していってしまった。

「はあ〜〜〜っ、助かったあ」

わたしは魂《たましい》がぬけてしまいそうなくらい大きく息をつくと、また便器のふたの上に座《すわ》りこんだ。

「誰《だれ》、今の」

沙羅《さら》が眉間《みけん》にしわをよせ、親指で入り口を指す。

「田原さんだよ。うちのクラスの学級委員さん」

わたしが答えると、沙羅はケッと鼻を鳴らした。

「あ〜、いかにもそんな感じ。『ワタシ、いいことしてあげたでしょ？』みたいな顔してさあ。あたし、ああいう女、大っキライ」

（またそんなこと言う……）

沙羅は、この世の中で起こるほとんどすべてのできごとを素直に受け止めない、病的なひねくれものなのだ。

「そんなことないって。田原《たはら》さんもソフトテニス部だけど、大泉《おおいずみ》さんたちと違《ちが》ってすごくいい人だよ。勉強もできるし、いつもにこにこしてて、わたしにまで『おはよう』って言ってくれるし」

わたしが一生懸命《いっしょうけんめい》田原さんのよさを伝えているのに、沙羅《さら》はばかにしたような目でわたしを見下ろす。

「あんたさあ、なんでその程度でいい人だなんて思うわけ。っていうかさ。そんなにいい人なら、あの子に友だちになってもらえばいいじゃん。あんた、学校に友だちがほしくてたまらないんでしょ？」

沙羅《さら》の言葉に、わたしはとんでもないと首をぶるぶるふった。

「だって田原さんは、『天使』だもん。わたしなんかと格が違《ちが》うよ。……いいんだ、わたしは。たまに声かけてもらえるだけで。そんな高望み、してないから」

ぼそぼそと答えたら、沙羅は目を半分閉《はんぶんと》じて、「ばっかみたい」とつぶやいた。

「言っとくけど、ああいう誰《だれ》にでもにこにこしてる女ほど、腹《はら》の中でなに考えてるのかわからないんだから」

「そんなあ……」

今、ほんの一瞬《いっしゅん》しか田原さんのこと見てないのに、どうしてそんなことわかるんだろう？　へそまがりなのにもほどがある。

「おまけに同級生相手に敬語《けいご》なんて使っちゃってさ。どんだけへいこらしてんのよ。そんなだから、あいつらになめられるんだよ」

そこまで言われてさすがにムカッときたけど、言い返してもどうせ言い負かされるに決まってる。しばらくだまっていたら、沙羅は、うーんとその場でのびをした。

「あ〜あ、せっかくきたのに、あいつらのせいで、やる気なくした。やっぱ、帰ろっかな」

そういって、うすいリュックをせおいなおす。

「えー、ひさびさ学校にきたと思ったら、大泉《おおいずみ》さんたちにケンカふっかけといて帰る気？　わたし、今から教室にもどらなきゃいけないのに」

思わずそう言うと、

「じゃあ、あんたも帰ればいいじゃん」

沙羅がこともなげに言ってのけた。

(……だから、それができればとっくにやってるって)

沙羅《さら》んちはお母さんしかいなくて、しかもそのお母さんも一日中仕事で家にいないから、学校にいかなくても直接文句を言われない。

対して、わたしの母はパートタイマーだ。妹の美帆《みほ》が小学校に入ってから、週に二回だけ近所のパン屋でパートをはじめたけど、基本ずっと家にいる。

だから、わたしが学校にいきたくないなんて言ったりしたら、「どうしていきたくないの?」とか「なにかあったの?」とか言ったりしてきっと大騒《おおさわ》ぎするに決まってる。それにそんなこ とする度胸《どきょう》、わたしにはないし。

沙羅は、中学に入学してからまともに学校にきていない。

一年のゴールデンウィーク明け、両耳にピアスを開けてからは、通常の教室ではなく、『若《わか》葉《ば》ルーム』という特別教室で授業を受けなければならなくなった。

『若葉ルーム』は、沙羅みたいに校則《こうそく》違反《いはん》をした子だけでなく、教室にいけない子たちが勉強する場所だ。

だけど気まぐれな沙羅は、それすらも、まともにいってない。

グラウンドに面した細長い窓《まど》から、風がさあっと流れてきた。

沙羅のつややかな髪《かみ》が、光をおびて肩《かた》の上でゆれる。

きゃしゃで脚《あし》が長く、小顔で色白。

だまっていたら、沙羅は誰《だれ》が見ても、はっとするくらいの美少女だ。

こんなはげしい性格でなければ、きっと学校中の、ううん、もしかしたら本物のアイドルにだってなれたかもしれない。

だけど沙羅は、そうなることを拒絶《きょぜつ》するみたいに、いつもまわりにキバをむいている。まるで、自分に近づくなと言っているみたいに。

もしもわたしが沙羅みたいな美少女だったら、絶対そんなことしない。ちゃんとクラスの輪にとけこんで、うまくやってみせるのに。

突然《とつぜん》、手の中でスマホがブルブルッとふるえた。

「誰《だれ》？」

沙羅《さら》が、スマホをのぞきこむ。わたしはだまって、アプリを開いた。

画面には、『翔太《しょうた》』と表示されていた。男子で、わたしのスマホにメッセージを送ってくるのは、同じテニススクールに通う辻崎《つじさき》翔太以外にいない。

メッセージには、『動物爆笑《ばくしょう》画像』と書いてあった。

横から画面をのぞきこんだ沙羅が、つまらなそうに鼻を鳴らす。

「な～んだ、翔太か」

画面には、せわしなく『かわゆすぎる動物画像』『めちゃかわ！ パンダの赤ちゃん画像』などと書かれたリンクつきのメッセージが次々送られてくる。画面にタッチして、リンクを開いた。

マレーグマがだらしなく岩にもたれて座《すわ》っている画像に、『おい、テレビ消すな！ おとうさん、見てるんだから！』というセリフがついている。

（……しょうもな）

そう思ったけど、わたしはクマが大笑いしているスタンプを選んで翔太に送り返した。

「翔太って、あんたにはメッセージ送るんだね」

沙羅の言葉に、わたしはだまって画面の上を指さした。

「よく見てよ。ほら、ここに沙羅のアカウントも出てるでしょ。毎回沙羅にも送ってるって。だいたい、沙羅はいつだってスマホ完全放置だし。見ても返事もしないでしょ」

わたしが言うと、沙羅は目を丸くした。

「え、あんたそんなしょうもないメッセージにも、いちいち返事してんの？」

「……まあ、一応」

わたしは口の中でごにょごにょ答えた。

（……でも、なんでこんなの送ってくるんだろ）

翔太って意味不明。

いつも無表情でむすっとしてるのに、たまにわたしたちにこんなおもしろ画像を送ってくることがある。あらためて、翔太にきいたりもしないけど。

隣《となり》で、沙羅がぼそっとつぶやいた。

「もしかしたらさ、昼休み、翔太もトイレでスマホいじってんのかもね。あんたみたいに」

（……そうかもしれない）
わたしは、だまって沙羅《さら》の指先を見つめた。
黄色、水色、紫《むらさき》、赤、オレンジ……。
カラフルなネイルが、テトリスのブロックみたいだ。
そのとき、ふいに思った。
休み時間のたびにトイレにこもって、ゲームをするわたし。
校則違反《いはん》ばかりで、まともに学校にこない沙羅。
昼休み、わざわざくだらないメッセージを送ってくる翔太《しょうた》。
もしかしたら、わたしたちは、あのブロックと同じなのかもしれない。
右に回しても、左に回しても、どこにも収《おさ》まらないブロック。
どこにもぴったりくる場所がみつけられないはみだし者たち。
廊下《ろうか》を誰《だれ》かが走る音がきこえる。
だまりこむわたしたちの頭上で、昼休みの終わりを告げるチャイムが鳴りひびいた。

## 二

中澤《なかざわ》沙羅と、辻崎《つじさき》翔太、それからわたし・長谷川《はせがわ》麻帆《まほ》。

わたしたち三人は、子どものときから同じテニススクールに通っている。

三人とも、違《ちが》う小学校に通っていたから、スクールでの様子しかわからないけど、沙羅は完全に、『グループに属して平和にすごす』という人生を放棄《ほうき》していた。いつもなにかにたてついて、波風ばかり立てまくっている。

翔太はというと、とにかくなにを考えているのか、まったく読めない性格。

わたしの母に言わせると、『大人《おとな》になったらカッコよくなるタイプ』らしいけど、大人じゃないわたしにはその良さがまったくわからない。いつも無表情で、喜怒哀楽《きどあいらく》がわかりづらい。

現在、そこそこ有名な私立《しりつ》中学に通っているくらいだから、頭は悪くないと思うんだけど、とにかく、テニスがやたらとうまい。

わたしたちより努力をしているわけでもなければ、熱心にとりくんでいるわけでもないのに、コーチに言われたことをすぐにのみこんで、らくらくクリアしてしまう。

初めて出た公式戦で地区優勝《ゆうしょう》し、県大会にまで勝ち進んだだけでも、うちのスクールにとってはすごい快挙だったのに、そこでも翔太《しょうた》は順当に勝ち進み、準々決勝までこぎつけた。

ここでわたしと沙羅《さら》は、一気においてけぼりをくらってしまった。

だけど、不思議なことに翔太は必要最低限の大会にしかエントリーしようとしない。あちこちでおこなわれるいろんな大会へ積極的に出場すれば、確実に国内ランキングをあげることができるのに、それすらもやろうとしない。

翔太の家は金持ちだから、エントリー料や遠征《えんせい》のためのお金の心配だってしなくても大丈夫《だいじょうぶ》なのに。

そこが、翔太のよくわからないところ。

才能があるなら、もっと勝つことに貪欲《どんよく》になってもいいはずなのに、翔太はどこかで自分をセーブしているようなところがある。そんなにがんばらずとも、『そこそこでいい』みたいな。

わたしがもし翔太くらいテニスがうまければ、もっともっと上を目指すのに。

わたしは母に言われてテニスを習いはじめたけど、早い時点で自分には才能がないことを自覚していた。

けど、テニスは続けた。

じゃないと、放課後がこわいからだ。

わたしは小学校のころから友だちがいなかった。もっと言うと、その前、幼稚園《ようちえん》のころも。話しかければ応えてはもらえるけれど、特別に仲がいい子ができない。休み時間はいつもひとりで、当然、放課後も一緒《いっしょ》に遊ぶ子なんていない。

幼稚園のころは、決まった友だちがいないことを、あんまり気にしたことはなかった。わたしがひとりでぼおっとしていたら、先生が必ず声をかけてくれたから。

だけど、小学校に入ってから、自分はどうやら他の子たちとはちょっと違《ちが》うんじゃないかということに、ようやく気がついた。

他の子たちは、簡単《かんたん》に友だちを作ったり、知らない子とでもおしゃべりができるのに、わたしにはそれができない。

誰《だれ》かにしゃべりかけるとき、いつだって頭の中であれこれ考えすぎてしまう。

今、しゃべりかけてもいいかな。

なにをしゃべれば喜んでもらえるだろう？

わたしの話がつまらないと思われたらどうしたらいいんだろう。

そんなことを考えているうちに、目の前にいた子はどこかにいってしまう。

そして、自然とわたしはひとりぼっちになってしまうのだ。

仲間に入れてもらいたいのに、入れない。

自分から入れて、なんて、口がさけても言えない。

だって、いやだって言われたらこわいから。

誰《だれ》かがわたしを仲間に入れてくれればいいのに。

心の中でそう願っても、誰もわたしになんて声をかけてくれない。

「麻帆《まほ》ちゃん、今日もお友だちと約束してないの？」

授業が終わってまっすぐ家に帰るたび、母にそう言われるのがなによりこわかった。

だから、言い訳《わけ》のためにずっとテニスを続けたのだ。

スクールがあるから、友だちとは遊べないんだって。

そうやって、小学校の六年間、わたしたちはともにスクールに通っていた。

卒業後、翔太《しょうた》は隣町《となりまち》にある私立《しりつ》中学に、わたしと沙羅《さら》は、同じ公立中学に通うことになった。

わたしと沙羅の通う中学は、全員部活に入らなくてはいけないという校則がある。クラス単位で友だちを作っていた小学校と違《ちが》って、中学は部活が生活の中心だ。ここでメジャーな部活に入っておかないと、徹底的《てっていてき》に排除《はいじょ》されてしまう。

そこでわたしは考えた。

わたしは、沙羅みたいに個性的な美少女ではない。

翔太みたいに、テニスが特別うまいわけでもない。

それなら、中学入学をきっかけに今までの自分を変えて、『フツーの女子中学生ライフ』をめざせばいいいんじゃないかって。

休み時間は、いつも一緒《いっしょ》。

授業中に手紙を回しあって、部活が休みの日には、おそろいの服で、プリクラをとりにいく。

そんな、雑誌《ざっし》の中の女の子たちみたいなグループに入ることさえできれば、今の生活からぬけだせるにちがいない。

幸いなことに、沙羅《さら》とは違《ちが》うクラスだった。

クラスには、同じ小学校出身の子はいたけれど、ほんの数人だったから、わたしが小学校時代に友だちがいなかったことなんてばれないだろう。

部活に入ることさえできれば、きっとわたしにだって友だちができるはず！

（よし、スクールを辞めて、どこかの部活に入るぞ！）

わたしはひとりで勝手に決心をした。

担任《たんにん》の先生の説明では、入部届《にゅうぶとどけ》を出す前に、仮入部をしなくてはいけないらしい。

気がつくと、他の子たちはすでにクラスの中で友だち作りをはじめていた。みんな、仲よくなった子たちとつれだって、いろんな部活の見学にいきはじめている。それなのに、わたしはその相手すらみつけられないでいた。

（は、早くみつけなきゃ。一緒《いっしょ》に部活見学にいってくれる誰《だれ》か）

そう思うのに、誰になんといって話しかければいいのかがわからない。

勇気をふりしぼって話しかけて、断られたらどうしよう。

そう思ったら、おそろしくて動けなかった。

入部届の〆切《しめきり》は、四月いっぱい。

どんどん部活を決めてグループを作っていく同級生たちを横目で見ながら、わたしはおなかの底がジリジリするような気持ちで、それでも欠かさずスクールへは通っていた。

スクールを辞めるつもりだということを、親にもコーチたちにも、そしてもちろん、沙羅と翔太《しょうた》にも言いだせないまま。

四月の最終週になり、いよいよ明日で入部届の〆切という日になってからようやく、わたしは崖《がけ》から飛びおりるつもりで隣《となり》の席の子に話しかけてみた。

手に汗《あせ》をかきつつ、「部活見学、一緒にいかない？」って。

すると、その子はまゆをひそめて言った。

「えー、いまさら？」

その言葉に、膝《ひざ》からくずれおちそうになった。

クラスでまだ部活見学にいっていなかったのは、わたしだけだった。

ひとりでぐずぐず悩《なや》んでいる間に、他の子たちはとっくに友だちもグループも部活も決めて、『フツーの女子中学生ライフ』をスタートさせていたのだ。

とにかく、今の自分を変えたい。

それには、スクールを辞めて部活に入りさえすれば、なにもかもうまくいくって思いこんでいた。

……なのに。

完全に出遅《でおく》れたわたしは、結局沙羅《さら》と一緒《いっしょ》に『コミュニケーション部』という、あまり実体のない部活に入部した。

コミュニケーション部は、月に一度、顧問《こもん》をまじえて、教室で英語の本を音読するだけのゆるい部活だ。人数だってものすごく少ないし、その中で、新しい友だちなんて作れそうにない。

（あ～あ、失敗しちゃったなあ）

最初はそう思ったけど、すぐにあきらめがついた。

（……ま、いいか。少なくとも、学校には沙羅がいるんだし、小学生のときと同じってわけではないよね）

変わり者とはいえ、沙羅相手ならわたしもフツーに話ができる。休み時間、ひとりぼっちになることだけはまぬがれるはず。

……そう思っていたんだけど。

結局沙羅は学校にこず、わたしは『フツーの女子中学生ライフ』を送れないまま、小学校のころと変わらない、ぼっち生活を送っている。


（あれから、もう二年かあ……）

わたしは、ほおづえをついて、窓《まど》から外を見た。

五月にしてはあたたかな日差しが、わたしの手元を照らしている。

『もう受験生なのにさ、どうする気なんだろ』

さっき、大泉《おおいずみ》さんに言われた言葉が、胸《むね》につきささる。

今、中三のわたしは、来年の春にはこの中学を卒業しなくてはいけない。

ということは、ここではない、どこかにいかなきゃいけないってことだ。

だけど、自分がどこへ向かえばいいのか、いまだにわたしにはわからない。

わたしは、今度こそ『フツーの女子高生ライフ』を送れるだろうか。

また同じ失敗をくりかえして、スクールで下手なテニスを続けるのかな？

そしたら、またトイレにこもってテトリスかあ……。

そう思ったら、足元にまっ暗な穴《あな》が口を開けているような気がして、足がふるえる。

ここから逃《に》げだしたくても、どこへ逃げればいいのかもわからないのに。


「長谷川《はせがわ》」

ふいに、数学の先生に声をかけられて、背筋《せすじ》をのばした。

「はっ、はい！」

授業中、よそ見をしているのを注意されたのかと思ってあわてたけど、先生はわたしに背《せ》を向け、黒板に数式を書きながら続けた。

「黒板の字が反射《はんしゃ》するから、カーテンを閉《し》めてくれ」

「……あ、はい」

のろのろと立ち上がって教室を見渡《みわた》しても、誰《だれ》もわたしのことなんて見ていない。熱心に黒板の数式を書き写しているだけ。

（そりゃあ、そうか。もうすぐ中間テストだもんね）

窓《まど》の前に立ち、カーテンをひこうとして手をとめた。

沙羅《さら》がリュックをせおって、校庭のまん中をつっきっている。

体を左右にゆらし、迷いのない足どりで、校門をめざして歩いていく。

せっかく学校にきたのに、『若葉《わかば》ルーム』にいかないまま、帰るみたいだ。

（ねえ、沙羅。あんたは、今のままでいいと思ってんの？）

心の中で問いかけたって、沙羅の耳に届《とど》くわけがない。

そんなこと、わかっているのに、わたしはぼんやりとつったったまま、ただ、沙羅の背中《せなか》を見つめた。

「おい、早く閉めろよ」

前の席の男子が、ふりかえって顔をしかめる。

その声に反応して、大泉《おおいずみ》さん、田原《たはら》さん、それから複数の女子たちがいっせいに顔を上げた。みんな、さめた目でわたしを見ている。

『あんたこそ、今のままでいいと思ってんの?』

まるで、そう言っているみたいに。

ふいっと視線《しせん》をはずし、もう一度沙羅《さら》のうしろすがたを眺《なが》めた。

歩くたびに、長い髪《かみ》が、リュックの上でゆれている。

(……いいわけ、ない。けど、どうすればいいか、わからないんだよ)

遠ざかる沙羅の姿《すがた》を視界《しかい》から消すように、わたしは手に力をこめて、思いきりカーテンをひいた。

初夏・沙羅《さら》

# サワルナ、キケン

一

ヒョウモンダコ
モウドクフキヤガエル
メキシカンレッドニータランチュラ
オブトサソリ……

（きれいだなあ）
ページをめくり、うっとりとながめる。
最近のあたしのお気に入り、『有毒危険《きけん》生物図鑑《ずかん》』。
この間、図書室でみつけて以来、学校にいる間はいつもこれをながめている。

毒を持つ生物が、派手《はで》な体色や模様《もよう》をしているのは、他の生物に対して、『手を出すと、危険だぞ』と警告《けいこく》するためなのだそうだ。こういうのを、『警告色』というらしい。

（へえ～、だからこんな突拍子《とっぴょうし》もない色なのか）

感心しながら、いつまでもカラフルな有毒生物たちをながめていたら、ふいにカズコちゃんに声をかけられた。

「中澤《なかざわ》さんは、そういうのが好きなの？」

ページをめくる手をとめて、顔を上げる。

「べつに。なんか、きれいだなあって思って」

そう答えたらカズコちゃんは、本の中の有毒生物たちをまじまじと見つめた。

「なるほど。中澤さんは、こういうのをきれいって思うのね」

窓際《まどぎわ》に座《すわ》る鷹田久志《たかだひさし》が、ちらりとこっちを見る。

だけど、あたしと目が合いそうになると、あわてて窓側《まどがわ》へ顔を向けた。それにあわせて、首の肉がぷにっと盛《も》り上がる。

あの肉をつまんでみたら、どんな感じだろう？

かりあがってるところだから、毛がちくちくするのかな。

それとも、案外やわらかかったりして。

いきなりつまんでやったら、あいつ、どんな顔するんだろう？

あれこれ考えながら、鷹田久志の首肉をながめていたら、カズコちゃんがまたあたしに質問してきた。

「中澤さんは、この動物たちが、きれいな色だから興味をひかれるのかしら？　それとも、他に理由があるの？」

「へっ？」

まさか、そんなことを質問されるとは思わなかった。

カズコちゃんはいつだって、あたしの気持ちを知りたがる。

「うーん……」

なんと答えようかと思っていたら、鷹田久志がハリー・ポッターを読むふりをして、じっとあたしたちの会話に耳を澄《す》ませているのに気がついた。すぐに考えるのをやめて、鷹田久志をぎろりとにらむ。

（聞き耳、立ててんじゃねえよ）

心の中でつぶやいたのに、鷹田久志《たかだひさし》はその声がきこえたかのようにびくっと体をふるわせた。ますますちぢこまって猫背《ねこぜ》になる。

ずっとだまっていたら、カズコちゃんはもうあたしがこの話題に飽《あ》きたと思ったようだ。急に先生の顔にもどった。

「ところで中澤《なかざわ》さん。そのピアスとお化粧《けしょう》、そろそろどうにかならないかしら？」

そういうと、自分の机《つくえ》から卓上《たくじょう》タイプの鏡を持ちだして、あたしの前に置いた。

「お化粧するのも、ピアスを開けるのも、スカート丈《たけ》を変えるのも、髪《かみ》をきちんとたばねないのも、全部校則違反《ぜんぶこうそくいはん》。中澤さんだって、ちゃんと知ってるでしょ？」

（……また、それかあ）

イスにもたれて、目の前に置かれた鏡を見る。

鏡の中からこっちをにらんでいるあたしの耳たぶには、金色のピアスが光っている。ももいろにほんのり染《そ》まったほほに、さくらんぼみたいなくちびる。

どれも、あたしによく似合っている。

校則では、シャツは第一ボタンまで閉《し》めることになっているらしいけど、あたしは首がつまった服を着るといつもオエッとなる。だから開けてるだけなのに、それのなにがいけないんだろう？

校則って、ホント意味不明。

「じゃあきくけどさ、どうして違反しちゃだめなわけ？」

あたしもカズコちゃんに、今まで何度もくりかえしてきた質問をしてみる。もしかしたら今日こそ、いつもとは違《ちが》う答えが返ってくるかもって期待して。

だけどカズコちゃんは、目じりにいっぱいしわをよせ、いつものようにほほえんだ。

「それが、学校の決まりだからよ」

（……またそれか）

カズコちゃんは、すがすがしいくらい、ゆるぎない。

「あっ、そ」

気を取り直し、目の前の鏡を持ち上げ、前髪《まえがみ》を整える。

あたしの顔は、目鼻立ちがかなりはっきりしている。

二重まぶたはくっきり深く、まつ毛は濃《こ》くてとても長い。色が白い上に、くちびるの色が妙《みょう》に濃いから、なんにもしていなくても、化粧《けしょう》をしていると思われてしまう。

そのせいで、小さいころから年齢《ねんれい》よりもずいぶん年上に見られてきた。中三の今も、私服《しふく》だったら大学生くらいに見られることがある。

そんなあたしが校則どおりに制服を着たら、絶対変。似合わない。

それに、あたしはこの格好で、みんなに『警告《けいこく》』しているのだ。

『あたしはフツーじゃないんだから、近よらないほうがいいよ』って。

だって、グループなんてめんどくさいし、誰《だれ》かとオソロイのものなんて持ちたくない。あたしは、いつも誰かと一緒《いっしょ》じゃなきゃ気がすまない同級生の子たちとは、別の生き物なのだ。

あざやかな色の有毒危険《きけん》生物たちを、そっと指でなぞる。

「服装《ふくそう》を正しくしなきゃ、いつまでたっても教室にいけないよ。中澤《なかざわ》さんだって、みんなと一緒に授業を受けたいでしょ？」

カズコちゃんの言葉に、あたしは首をすくめた。

「べつに。あたし、カズコちゃんと一緒のほうがいいし」

すると、カズコちゃんは困《こま》ったような、でもちょっとうれしそうな顔で、「またそんなこと言って」と笑った。

カズコちゃんは、定年間近のおばあちゃん先生。だけど、こういうところがすごくかわいい。先生って名前がつく人たちは基本的にきらいだけど、カズコちゃんだけは特別だ。

気配を感じて顔を上げると、鷹田久志《たかだひさし》が、また横目であたしを見ているのに気がついた。じろっとにらみかえすと、あわてて首肉をたるませて窓《まど》に顔を向ける。

（……なんで、いちいち目ぇそらすんだよ）

鷹田久志とは、もう二年以上この『若葉《わかば》ルーム』に一緒にいる。だけど、目が合ったことは一度もない。

あたしがよそを向いていると、じっとあたしのことを見ているくせに、あたしが鷹田久志のほうへ顔を向けたら、あわてて首肉をたるませて逆方向を見る。

あれだけじろじろ見ているくせに、あたしが気がついてないとでも思ってるんだろうか。

だとしたら、そうとうなぼんくらだ。

図鑑《ずかん》に目をもどし、ページをめくったら、カズコちゃんはそれきりなにも言わなくなった。

あたしがもうこれ以上話をしたくないって思っているのを、感じとったのだろう。

カズコちゃんはいつだって、あたしの意志を尊重《そんちょう》してくれる。

図鑑から顔を上げ、教室を見渡《みわた》す。

ここにいるのは、あたしと鷹田久志《たかだひさし》、それからカズコちゃんの三人だけ。フツーの教室の半分くらいの大きさだから、三人でも広すぎるってことはない。

あたしと鷹田久志は、『教室で、通常授業を受けることが困難《こんなん》な生徒』なのだそうだ。

だから学校にいる間は、この『若葉《わかば》ルーム』担当《たんとう》教員・カズコちゃんの下、勉強を教えてもらったり、本を読んだりしてすごしている。

中学に入ってから、あたしがまともに教室で授業を受けたのは、入学してから最初の一週間だけ。

土日を休んだら、もう制服を着るのがめんどうになって、学校を休んだ。それでもなんとか二日続けて出席した後一日休んだり、早退しつつもなんとか通おうと努力はした。だけどゴールデンウィーク明けには、それもやめた。

学校は、きらいだ。

先生も、クラスの子も、勉強もきらい。

みんなと同じ制服を着なきゃいけないのも、みんなで協力しあってなにかをなしとげなきゃいけないのも全部いや。あたしには、合わない。

ゴールデンウィーク中、ひまつぶしに家でピアスを開けたら、いつの間にかこの『若葉ルーム』に通うことになっていた。

どうせ学校にいくなら、べつにあたしはフツーの教室でもいいんだけど、ピアスを開けたり化粧《けしょう》をするような生徒は、みんなと同じ教室では授業を受けちゃいけないのだそうだ。

朝起きて、今日は学校にいってもいいなって思ったときだけ、しぶしぶ制服を着る。本当は着たくないけど、制服着用でないと、『若葉ルーム』にさえも入れてもらえないらしい。

いったい誰《だれ》がそんなルール、決めたんだろう。

学校ってホント、めんどくさい。

あたしは一年の一学期からこの『若葉《わかば》ルーム』に通っているけど、鷹田久志《たかだひさし》は最初からいたわけじゃない。

はじめは、あたしと三年の男子がひとりだけだった。

そのうち、いろんな子が出たり入ったりして、多いときにはこの狭《せま》い部屋に、六人くらいいたこともある。

だけど、気がつくとみんなここを『卒業』して、自分たちの教室へと帰っていった。

鷹田久志がここへくるようになったのは、たしか一年の夏休みが明けてすぐのころ。

あたしは人の名前と顔を覚えるのが苦手だけど、鷹田久志は縦《たて》にも横にもムダにでかくてあたしの視界《しかい》に勝手に入ってくるから、自然と覚えてしまった。

鷹田久志は、いつでも汗《あせ》をかいている。そのせいか、肌《はだ》が赤ちゃんみたいにすべすべだ。あたしと違《ちが》って、校則違反《いはん》なんてひとつもしていないけど、制服はやっぱり全然似合っていない。

いつも大きな体をちぢこまらせ、ときどきあたしをチラ見してくる。なんで若葉ルームにいるのかはよくわかんないけど、別にその理由を知りたくもない。

あんまり見てくるから、一度、「なんか用？」ってきいたら、額からだらだら汗を流して、「いえ、特に用はありません」と敬語《けいご》で返された。

なんだ、それ。

あたしら、同い年じゃん。

言いたいことがあるなら、はっきり言えっつーの。


「いくよー！」

窓《まど》の外から、声がきこえた。

鷹田久志を通り越《こ》して、グラウンドに目を向ける。どこかのクラスが、体育の授業をしているようだ。席を立ち、窓わくに手をついてグラウンドを見下ろす。

グラウンドでは今にも泣き出しそうな空の下、男子と女子にわかれてサッカーをしていた。知らない子ばかりだけど、青いラインの入ったゼッケンをつけているから、たぶん、あたしと同じ三年。

ぼおっと見ていたら、グラウンドのはしっこにひとり、心細げに立つ麻帆《まほ》をみつけた。

二クラスの女子たちが、十一人ずつにわかれてサッカーをしているけど、ボールを回しているのは、同じメンバーばかり。

麻帆《まほ》はさっきからずっとベストポジションにいて、しかもノーマークだというのに、誰《だれ》もパスを送ろうとしない。麻帆の存在《そんざい》なんて見えていないみたいに、自分たちだけでプレイしている。

しばらくその様子を見ていたけど、だんだんイライラしてきた。

「ちょっと、そこ。麻帆が、フリーだよ！」

我慢《がまん》できなくなって、つい大声でさけんだら、グラウンドにいる連中がいっせいに顔を上げた。なのに、麻帆だけが、顔を上げようとしない。

(なに固まってんのよ、あいつ)

麻帆を見ていたら、いつもイラつく。

仲間に入れてもらいたければそう言えばいいのに、麻帆は自分からは絶対に言わない。誰《だれ》かがなんとかしてくれると思っている。

自分に自信がないくせに、自意識過剰《かじょう》。

そんなめんどくさいやつに、誰が声をかけると思ってんだろ。

たぶん麻帆は、断られたときに傷《きず》つくのがいやなんだろう。

(甘《あま》えんなっつーの)

もっと声出してアピールしろよって言ってやろうと息をすいこんだら、

「ほら、中澤《なかざわ》さん、授業中だよ。大声出しちゃだめ」

カズコちゃんに言われて、しかたなくあきらめた。

窓《まど》を閉《し》めるとき、もう一度グラウンドを見る。

さっき、あたしを見上げてた連中は、もうなにごともなかったかのようにまたサッカーをはじめていた。

反対に、さっきは声をかけても顔を上げなかった麻帆が、すがるような目であたしのことを見ていた。

二

夕方六時二十分、待ち合わせの児童公園に麻帆《まほ》が姿《すがた》を現すと、あたしはすぐさま言ってやった。

「あんたさあ、なんで今日あたしのこと、無視《むし》したわけ？　体育の時間」

自転車のペダルに足をかけたまま文句を言うと、麻帆は上目づかいであたしを見た。

「……だって」

それきり目をふせて、なにも言わない。

（まあ、きかなくても、だいたいわかるけどね）

麻帆は、学校ではあたしと話そうとしない。それどころか、目すら合わそうとしない。あたしと関わりがあると、みんなに思われたくないからだ。

(ばかだね、麻帆は。あたしたちがペア組んでることなんて、全校生徒が知ってるのに)

学校の正門前には、大きな横断幕《おうだんまく》がぶらさがっている。

そこにはでかでかと大きな文字で『祝・春季硬式《しゅんきこうしき》テニス大会中学生の部　女子ダブルス三位入賞　三年　中澤沙羅《なかざわさら》さん　長谷川《はせがわ》麻帆さん』と書かれている。

登下校のとき、必ず目に入るから、生徒どころか、保護者、この近辺に住む人たちまで、あたしと麻帆がダブルスを組んでいることなんてみんな知っている。

(まあ、麻帆は、『あっちの世界』に入りたいから、あたしと関わりがあること、かくしたいんだろうけどさ)

『あっちの世界』というのは、たとえばうちの中学の女子ソフトテニス部の子たちみたいなグループのこと。いつも群れてて、『みんなと一緒《いっしょ》』が大好きな女子たちだ。

麻帆は、昔からあの子たちの仲間に入りたくてたまらないのだ。

(どうせムダなのに)

「いくよ」

あたしは麻帆を残して、自転車のペダルをふみこんだ。麻帆は、だまってついてくる。

いつだってそう。

麻帆《まほ》はあたしと一緒にいるのがいやなくせに、いつもあたしのあとをついてくるんだ。

まだ太陽が沈《しず》みきらない住宅街《じゅうたくがい》を、ふたりで縦《たて》に並《なら》び、幼《おさな》いころから、通い続けている道を進んでいく。

あたしたちの通う堂崎《どうざき》テニススクールは、このあたりで一番古いテニススクールだ。

いったん駅前まで出てから、高架《こうか》をくぐって車どおりの多い大通りをずっとまっすぐ進んでいく。ゆるやかな坂道をのぼって、エレベーター工場側に向かって橋を渡《わた》ってから、また土手を下りてすぐのところにある。

オムニコートが二面と、かろうじて雨をしのぐことができる屋根付きのインドアコートが一面ある古いテニススクール。親子二代で細々《ほそぼそ》と経営している。

テニスを習いはじめたのは、小学一年生のころ。

母子家庭で仕事にいそがしいママが、『送迎《そうげい》完備。しかも、他のおけいこごとよりも長い時間あずかってもらえる』ってうわさをききつけて、このスクールを選んだのだ。

麻帆んちも、お母さんが妹の美帆《みほ》ちゃんを産んだばかりでいそがしく、同じ理由で決めたらしい。

しばらくは、うわさどおりスクールのおんぼろマイクロバスで送迎してもらえていたんだけど、通いはじめて一年ほどで諸事情《しょじじょう》のため中止が決定した。たぶん、経営状況《じょうきょう》が思わしくなかったからだろう。

それで、世話好きの翔太《しょうた》ママが、途中《とちゅう》からあたしたち三人をまとめて車で送り迎《むか》えしてくれるようになった。

今にして思うと、あのとき、翔太ママが名のり出てくれなければ、あたしも麻帆もテニスを続けることはできなかっただろう。

最初は普通《ふつう》のおけいこみたいにのんびりレッスンを受けていたんだけど、三年生の途中で翔太が選手コースに移ることになってから、様子が変わってしまった。

特に希望した覚えもないまま、いつの間にかあたしと麻帆も翔太同様、選手コースに変更《へんこう》されていた。

それからほぼ毎日、あたしたちは学校が終わると、三人でさっきの公園で待ち合わせ、子どもだけでスクールに通うようになった。

翔太《しょうた》と一緒《いっしょ》にいかなくなったのは、中学に入ってから。

本当なら、あいつもあたしと麻帆《まほ》が通う中学に入学するはずだったのに、私立《しりつ》の中学に入ったので、別々に通うようになったのだ。

ちなみに翔太の通う中学は、中高一貫《いっかん》でこのあたりでは有名なテニスの名門校でもある。

なのに、翔太はなぜだか学校の部活には入らず、この弱小テニススクールを続けている。

(でもまあ、さすがに高校では部活に入るんだろうな)

そう思ってから、ちらりとうしろをふりむく。

うつむいてペダルをこぐ麻帆は、あたしの視線《しせん》に気がつかない。

(麻帆は、いつまでテニス、続ける気なんだろう? ……それから、あたしも)

正直言って、あたしも麻帆も、それほどテニスがうまいわけじゃない。

長く続けているから、市の大会くらいなら、なんとか入賞できるけど、本格的にテニスを習っている子ばかりが出る試合だったら、一回戦ですら突破《とっぱ》できない。

それなのに、スクールに通いはじめて丸八年。あたしは病気以外でスクールを休んだことがない。学校を休むのは、全然平気なのに。

道が、だんだんゆるやかな坂になる。下腹《したばら》に力を入れて、ぐっとペダルに力をこめる。

この坂をのぼったら、うすいオレンジ色の空を背《せ》に立つエレベーター工場の試験塔《しけんとう》を左手に見て、橋を渡《わた》る。

小さいころはあの試験塔が、とても大きく見えていたのに、今ではずいぶん貧相に感じる。

それは、あたしが成長したからだろうか。

（成長なんて、してんのかね、ホントに）

成長しているとしたら、きっとそれは身長だけ。

中味は子どものころから、全然変わっていない。

橋を渡りきったら、スクールはもうすぐそこだ。

いつもの場所に自転車をとめて、クラブハウスへと入る。時計を見たら、きっかり六時半だった。

「沙羅《さら》ちゃん、麻帆《まほ》ちゃん、こんばんは」

受付に座《すわ》る千恵《ちえ》先生が声をかけてきた。

「沙羅ちゃんの今日のTシャツの色、素敵ねえ。すごく似合ってるわ」

千恵先生は、いつも会うたび、あたしの服やメイクをほめてくれる。『沙羅ちゃんが着ていたら、なんでもまねしてみたくなるわあ』って。

モデルになればいいのに、なんて言われることもある。

でも、千恵先生の服のセンスははっきり言って最悪だ。

おばあちゃんのくせして、胸元《むなもと》がざっくり開いたショッキングピンクのワンピースを着ていたり、まっ赤な口紅《くちべに》とネイルをしていたり。

だから、千恵先生にほめられても、全然うれしくない。

「はあ」

あたしはひょこっと首をすくめて、ロッカールームのドアを押《お》した。

すぐあとから麻帆《まほ》が入ってくるのがわかっているけど、わざと手を離《はな》して麻帆の目の前でドアを閉《し》める。それでも麻帆はなにも言わずに、閉まったドアをもう一度押して、あたしのあとをついてくる。これも、いつものこと。

いつものロッカーに荷物をほうりこみ、いつもどおりの時間にコートに出る。コートにいるのも、いつものメンバー。各自、もうウォーミングアップをはじめている。

「おう、沙羅！　麻帆！」

コートに入ったとたん、いきなり声をかけてきたのは、高一の誠《まこと》だ。

（げっ、今日、きてたんだ。めんどくせ）

完全無視《かんぜんむし》して、誠の前を通りすぎる。

誠は、根性練習が好きなプレイヤーで、誰《だれ》よりも早くコートに入り、一番最後まで練習を続けるタイプ。

『努力は必ずむくわれる』というのが口癖《くちぐせ》で、ラケットケースにも『根性』とか『一球入魂《いっきゅうにゅうこん》』なんて書いたキーホルダーを恥《は》ずかしげもなくぶらさげている。スポーツをしているやつに一番多いタイプだ。

高校でテニス部に入り、そっちをメインにするようになったから、最近顔を合わせてなかったのに、ひさしぶりに会ってもあいかわらず暑苦しい。

そのかげにかくれるようにして、翔太《しょうた》がストレッチをしていた。

翔太と誠《まこと》は近くにいるのに、目も合わそうとしない。

まだ、あの事件を引きずっているみたいだ。


つい半年ほど前まで、誠と翔太はダブルスのペアを組んでいた。

だけどシードをもらえたジュニアチャンピオン選手権前《せんしゅけんまえ》に、誠から早朝練習とナイター練習を提案されると、翔太は即座《そくざ》に断った。『俺《おれ》、そういうの無理』って。

翔太は、誠とはまったく正反対のタイプ。

練習が好きじゃなくて、特に基礎練《きそれん》とか、体力づくりのためのトレーニングがなによりきらいだ。なのに、努力家の誠よりも毎回いい成績を残している。

そういうところも、誠はもともと気に入らなかったんだろう。

ついに、翔太にブチ切れてしまった。

「ふざけんなよ、おまえ！」

そう言って、いきなり翔太になぐりかかったのだ。

すぐにコーチたちが止めに入ったから、翔太にけがはなかったけど、ふたりはその日を境にペアを解消してしまった。

（誠のことは好きじゃないけど、あれはちょっと同情したな。翔太のやつ、ホントなに考えてるかわかんないし）

堂崎《どうざき》テニススクールに在籍《ざいせき》している男子の中でダントツにうまいのが翔太、その次が誠だ。それで必然的にダブルスのペアを組まされていたんだけど、最初から無理があったんだと思う。っていうか、翔太にはダブルスは絶対ムリだ。その証拠《しょうこ》に翔太は今までいろんな子とペアを組んできたけれど、全部うまくいかなかったし。

立ち上がった翔太は、ちらっとあたしと麻帆《まほ》のほうを見たけど、知らん顔で尻《しり》についた砂《すな》をはらった。

きっと翔太って、学校でも友だちなんていないんだろうな。

……まあ、あたしだって人のこと、言えないんだけど。

「おーい、そろそろ球出《たまだ》しするぞ。ベースラインに並《なら》べ～」

いつもの口調で、コーチが集合をかける。みんなのあとに続いて並《なら》びながら、なにげなく空を見上げる。いつの間にか日は沈《しず》み、空には小さな星が散らばっていた。その間を、ちかちかと赤い光を瞬《また》かせて飛行機が進んでいく。

今日、ひさびさに学校にいったら、帰りがけにカズコちゃんから進路調査希望票を渡《わた》された。それと一緒《いっしょ》に、たくさんの高校のオープンキャンパスのチラシも。

そういえば、自分が受験生だってこと、すっかり忘《わす》れていた。

だけど、いきたい高校なんて思い浮《う》かばないし、高校が中学とどう違《ちが》うのか、あたしにはよくわからない。

わざわざ新しい制服や体操服《たいそうふく》を買いなおしてまで、いく価値《かち》なんてあるんだろうか。

(それなら、働くほうがいいのかなあ。そしたら、ママもちょっとは楽になるかもしれないし)

そう思ったけど、中学すらまともにいってないあたしにできる仕事なんて思いつかない。そもそも、あたしみたいなめんどくさい人間、誰《だれ》がやとってくれるんだろう。

自分が大人になって働いているところなんて、想像もつかない。

「おい、沙羅《さら》。ぼおっとすんな」

いつの間にか、あたしの番がきていた。

足元でボールが跳《は》ねあがり、黄色い球が緑のネットをゆらす。あたしはその場でぶんとラケットをふりおろし、また列のうしろについた。

（……ずっと、今のままでいいんだけどな）

三

「じゃあ」

公園の手前で、麻帆《まほ》はぼそっと言うと、そのまま角を曲がっていった。地面に足をつき、麻帆の姿《すがた》が消えた曲がり角を見つめる。

「……ちぇっ、あいかわらず、愛想のないやつ」

街灯に照らされた公園の時計を見ると、八時半少し前。ママは、今日も会議で遅《おそ》くなると言っていた。

(冷蔵庫《れいぞうこ》のおかず、もう残ってなかったよなあ)

週末になると、ママは台所に立ち、魔女《まじょ》が魔法《まほう》の薬を調合するみたいにさまざまなおかずを作って、冷蔵庫に入れておく。

だから週のはじめはおかずが豊富にあるんだけど、木曜日くらいになってくると心細くなる。それでたりないぶんは、コンビニやスーパーでお惣菜《そうざい》を買って調達している。

あたしが学校にいかないことや、ピアスを開けたり化粧《けしょう》をしたりすることに関して、ママはなんにも言わないんだけど、こと食べ物に関しては口うるさい。

「ちゃんと栄養を考えて作ってるんだから、組み合わせを考えて食べてよね」

ゴミ箱に捨《す》ててあるコンビニ弁当の容器を見てママは顔をしかめるけど、あたしはきこえないふりをしている。

別に、あたしは栄養なんてどうでもいい。

ただおなかがいっぱいになればそれでいいから、毎日コンビニ弁当でもいいと思っている。

なのに、ママはなにかにとりつかれたように、せっせとおかずを作りまくる。

「せっかくの休みなんだから、ちょっとはゆっくりすればいいじゃん。無理してそんなに作らなくていいって」

あたしが言っても、ママはおかず作りを止めようとしない。

「平気よ。だって全部沙羅《さら》の栄養になるんだもん」

歌うようにそう言ってキッチンに立つママのうしろすがたを見て、いつも思う。

（きっと、罪《つみ》ほろぼしのつもりなんだろうなあ……）


あたしには、生まれたときから父親がいない。

それどころか、じいちゃんやばあちゃんもいない。

親戚《しんせき》の話もきいたことがないから、あたしが知るかぎり、血のつながりがあるのは、この世の中でたったひとり、ママだけだ。

ママは、まだハイハイもできないうちからあたしを保育所に入れ、ずっとバリバリ働いてきた。だから、参観日も、運動会も、学芸会にも、ママがきたことは一度もない。夜、ひとりで留守番をすることも小さいころからあたり前だった。

そのことに、ママはすごく負い目を感じているようで、ことあるごとに、「いつも一緒《いっしょ》にいられなくてごめんね」と謝ってくる。

口には出さないけど、あたしが学校にいかないことも、自分のせいじゃないかと思っているようだ。

（べつに、そんなんじゃないのに）

あたしが学校にいきたくない理由は、単純《たんじゅん》に学校がきらいだから。

もしもうちに父親がいたとしても、ママが専業主婦《せんぎょうしゅふ》で家にいたとしても、あたしは今と同じできっと学校にいっていないと思う。

だからママがあたしに謝る必要なんてないし、休日をつぶしてまでおかずをたくさん作る必要もない。ママがバリバリ働いてくれているから、あたしは化粧品《けしょうひん》や好きな服を買うことができるし、テニススクールに通うことだってできるのに。

ママはよくあたしがいるから、仕事もがんばれるって言ってくれる。「沙羅《さら》はママの『相棒《あいぼう》』だ」って。

あたしはママにそう言われるたびに、しあわせな気持ちでいっぱいになる。

こんなにもめんどくさい性格のあたしをまるごと愛してくれるのは、この広い世界の中でママだけ。

だから、ママとふたりでいられるのなら、あたしには友だちも恋人《こいびと》もいらない。

今のままでいい。この先も、ずっと。

きゅるるるる
まぬけな音でおなかが鳴った。

（あー、おなかへったな。今日は、なんか揚《あ》げ物《もの》が食べたい気分）

たしか駅ビルのフードコートに、新しい惣菜屋《そうざいや》ができていたはず。この間、試合の帰りに通りかかったとき、コロッケを揚げるいい匂《にお》いがしたことを思い出した。

（よし、買いにいこ）

さっき通りすぎた駅前通りに向かって、あたしはペダルをこぎはじめた。

バスロータリーをつっきって、駅ビルの前にあるベンチのかげに自転車をとめた。

本当は駅前にとめたら、すぐに撤去《てっきょ》されてしまうんだけど、もう夜だしちょっとくらい大丈《だいじょう》夫《ぶ》だろう。

ラケットバッグを肩《かた》にかけ、駅ビルに向かって歩きだそうとしたら、あたしのいく手をさえぎるように金髪《きんぱつ》の男が立ちふさがった。

「あのう……、ちょっといいですか」

あたしはじろりとその男をにらみつけた。

大学生くらいだろうか。

背《せ》がひょろりと高く、面長で色白の男。

まっ青なTシャツの上に白い麻《あさ》のシャツをはおっている。

駅前をいきかう人たちの中でひときわ目をひく髪型《かみがた》のくせして、顔だちはいたってフツー。

下がりまゆ毛で、なんだか気が弱そうな男だ。

(なんだよ。またナンパかよ)

夜、コンビニにいくときや、服を買いに街に出たとき、あたしはよく知らない男に声をかけられる。

だけど、毎回完全無視《むし》。

あたしがそんな誘《さそ》いに応じる女に見えるんだろうか。いいかげんにしてほしい。

「ムリ」

そう言い放つと、金髪《きんぱつ》の男は、「あ……、すみません」と言って、あっさり道をあけた。あまりの押《お》しの弱さに、拍子《ひょうし》ぬけする。

（そんなら、最初から声かけてくんなっつーの）

通りすぎざま、あたしは男をつきとばすように、わざとラケットバッグをぶつけてやった。

男は、情けないほど簡単《かんたん》によろける。

（ばーか）

ふりかえりもせず、駅ビルへと向かう。

そのまま惣菜屋《そうざいや》へ直行し、揚《あ》げたてのコロッケを四つ買った。

ぷんと香《こう》ばしい匂《にお》いに、ますますおなかがへってくる。いそいで自転車をとめた場所にもどろうとして、ふと思いだす。

（この時間ならママが好きなパン屋、開いてるかな）

改札の横にあるパン屋は、カフェも併設《へいせつ》していて、ちょっとおしゃれな感じのパンを置いている。

閉店《へいてん》間際になると全商品三十%《パーセント》オフになるらしいんだけど、いつも会議が長引いて間に合ったことがないと、ママがぐちをこぼしていたのを思い出したのだ。

くるりと向きを変え、エスカレーターで二階の改札横にあるパン屋へと向かう。見ると店頭にでかでかと、『三十%オフ』の看板《かんばん》が出ていた。

(あ、ラッキー)

歩き出そうとして足をとめた。

改札から、ママが出てくる姿《すがた》が見えたのだ。

(えっ、今日帰ってくるの、めっちゃ早いじゃん!)

「おーい、マ……」

声をかけようとして、口をつぐむ。

ママは改札をぬけるとすぐにくるりと向きを変え、隣《となり》の改札から出てきた男の腕《うで》をとった。

そのまま、ふたり並《なら》んでパン屋の前を軽やかに通りすぎ、あたしんちがあるのとは反対側の階段《かいだん》を下りていった。

あたしはその姿を見送って、切符《きっぷ》売り場の前で茫然《ぼうぜん》と立ちつくす。

（……今の、誰《だれ》？）


今見た光景を、あたしは頭の中でくりかえし再生した。

うすいグレーのストールに、白いブラウスと黒のパンツ。

肩《かた》にかけていた黒のセリーヌのトートバッグは、昨年、四十歳《さい》になった記念にってあたしと一緒《いっしょ》にデパートで買ったものだ。

まちがいない、さっきのはあたしのママ。

でも、あの男はいったい誰なんだろう？

ブルーのシャツに、レジメンタル柄《がら》のネクタイをしめていた。はっきり顔を見たわけじゃないけど、見た感じ、ママよりずっと年下に見えた。

だから、きっとあたしの父親なんかじゃない。

っていうことは、ママの恋人《こいびと》、なんだろうか。

（……ま、そりゃあそうか）

あたしのママは、美人だ。

よその家のお母さんたちにくらべると、『ママ』っていうよりも、『女の人』って感じがする。

そのママに恋人《こいびと》がいたって、不思議なことはない。

それにあたしは今まで何度もママに、『好きな人ができたら、あたしに遠慮《えんりょ》しないでいいからね』って言ってきた。

だから、いつかはこういう日がくるってことも予想できなかったわけじゃない。

（そうなんだけど……）

あたしは手に持っていたまだ温かいレジ袋《ぶくろ》をぎゅっとにぎった。

ママは、あたしに会議で遅《おそ》くなるって言っていた。

それはたぶん本当のことなんだろう。

だけど、その会議のあとに恋人と会うとは言っていなかった。

うそをつかれたわけではない。

ママが悪いわけでもない。

だけど、かくしごとをされた。
そのことに、ひどくがっかりした。
あたしは、ずっとママの『相棒《あいぼう》』なんだと思っていた。
この広い世界を、たったふたりだけで生きていく、大事な相棒。
でも、そうじゃなかった。
恋人の存在《そんざい》を、秘密《ひみつ》にしておかなきゃいけないような子ども。
あたしは、そう思われていたんだ。
はあっと肩《かた》で大きく息を吐《は》くと、くるりと踵《きびす》を返し、階段《かいだん》をかけおりた。
別にこんなこと、どうってことない。
母子家庭ではよくある話。
それなのに、どうしてこんなにもうらぎられたような気持ちになってしまうんだろう？
階段をかけおりて、さっき自転車をとめたベンチのあたりに向かおうとしたら、
「……あのう」
背後《はいご》から声がしてふりかえる。

そこには、さっきの金髪《きんぱつ》の男が立っていた。

# 四

「なんなんだよっ！　しつけえなっ！　こんなとこでナンパなんてしてんじゃねえよっ」

どなりつけてから、はっとした。

いつの間にか、男があたしの自転車のハンドルを持って立っていた。

「ちょっと！　それ、あたしの自転車だろ。なに勝手にさわってんだよっ！」

「……えっ、ちが」

男はおどおどしながら、あたしの自転車からぱっと手を離《はな》した。

すかさずハンドルをつかみ、男から自転車をうばいかえす。

「いいかげんにしねえと、大声出して警察《けいさつ》呼《よ》ぶぞ！」

まわりにいた通行人たちがじろじろとこっちを見る。

「ご、誤解《ごかい》だって！　そうじゃなくて、きみの自転車、持っていかれそうだったから……」

そう言って、男がベンチを指さした。

「はあ？　なに言って……」

つられてそっちを見ると、ベンチのまわりにたくさんのステッカーが貼《は》られていた。赤い枠《わく》で囲まれているそのステッカーには『この付近に放置していた自転車は撤去《てっきょ》いたしました』と書いてある。

ということは、この金髪男は、あたしの自転車が撤去されそうになったのを、阻止《そし》してくれたのだろうか。

「……あっそ。それはどうも」

別にたのんだわけじゃないんだから、礼なんて言う必要はない。あたしはそっけなくそう言うと、手に持っていたレジ袋《ぶくろ》をかごにほうりこんで、自転車のかぎをさしこんだ。

「……それから、俺《おれ》、ナンパなんてしてしてないし」

背後《はいご》から、ぼそぼそ男の声がする。

その言葉にカチンときてまたふりかえった。

「さっきあたしに声かけてきたじゃん！　じゃあ、あれはなんだったんだよ」

するとと男は口をとがらせて言った。

「……の勧誘《かんゆう》」

「……はっ、なんの？」

あたしがききかえすと、男はジーンズの尻《しり》ポケットからチラシと一枚《まい》の名刺《めいし》をとりだした。

「俺《おれ》、ここで美容師見習いしてるんス。だから、カットモデルしてくれる人をさがしてて」

あたしはうけとった名刺と男の顔をじろじろ見くらべた。

『ヘアサロン　シュゼット　スタイルアシスタント　桜木陵介《さくらぎりょうすけ》』

きいたことがない店だけど、住所を見るとこの近くにある美容室のようだ。一緒《いっしょ》に渡《わた》されたチラシを見ると、おしゃれな雰囲気《ふんいき》の店舗《てんぽ》の写真が載《の》っていた。そう言われてみれば、見覚えがあるような気がする。

「……カットモデルってなにすんの」

あたしがきくと、桜木は小さな目を大きく見開いた。

「え、ひきうけてくれるんスか？」

「まだやるなんて言ってないじゃん。なにするかって聞いてんの」

桜木は、ちょっとがっかりしたような表情でぼそぼそ答えた。

「……えぇっと、ずばり言うと、練習台になってもらいたいんス」

（……練習台？）

ということは、変な髪型《かみがた》にされる可能性もあるってこと？

「どんな髪型にしたいわけ？」

あたしがきくと、桜木はあわてて手をふった。

「違《ちが》います、違います。あなたがしてみたい髪型をオーダーしてくれたら、俺がそのとおりにします。実際にお店に出る前のリハーサルみたいなもんス」

「……それ、タダなの？」

「はあ、メニューにもよりますけど、だいたいは」

あたしはもう一度、桜木の顔をまじまじと見上げた。

髪《かみ》の色のせいでずいぶん年上なのかと思っていたけど、顔だけ見るととても幼《おさな》く見える。

もしかして、年齢《ねんれい》はそんなに変わらないのかもしれない。

「……どんな髪型《かみがた》でもいいの？」

あたしの質問に、桜木《さくらぎ》はひるんだように口ごもった。

「ええっと、まあ、いちおうは……」

「いつ？　今から？」

いどむように、桜木につめよる。

「今からは、さすがにちょっと……。施術《せじゅつ》するときは、店長に見てもらわないとだめだし、基本、店が閉店《へいてん》してからッス。メニューによりますけど、二～三時間お時間いただきたいんで、改めて日にちと時間を決めていただいて、来店していただけたら助かります」

「じゃあ、いつならいいの。こっちはいつでもいいよ。明日でもいいし」

あたしの言葉に、桜木があわててスマホをとりだした。

「あ、今店長に確認《かくにん》します。ちょっと待ってください」

言うなりあたしに背中《せなか》を向けて、電話をかけはじめた。

（タダだなんて言っといて、全部終わったあとに、料金請求《せいきゅう》してくるようなサギじゃないよね？）

そう思いかけたけど、すぐに打ち消した。

さっき、あたしがわざとぶつかったときもなにも言い返せなかったくらいだ。この男に、そんな度胸《どきょう》はないだろう。

あたしは、電話をかける桜木のうしろすがたをまじまじと見つめた。

街灯の光の下、桜木の髪は息をのむほどきれいな金色に見えた。元は黒髪だったのが信じられないくらい、根元まできれいに染《そ》まっている。

まるで、『有毒危険《きけん》生物図鑑《ずかん》』に載《の》っていた「モウドクフキヤガエル」みたいな色。

あたしは、うっとり桜木の髪を見つめた。

「お待たせしました。明日で大丈夫《だいじょうぶ》ッス」

電話を終えた桜木が、スマホをジーンズのポケットに押《お》しこんで、あたしのほうへふりかえった。見とれていたことに気づかれないよう、あわてて視線《しせん》を足元に落とす。

「あっそ。で、何時に店にいけばいいの？」

「八時半ごろでもいいッスか？」

明日は金曜日。

スクールのあと、すぐに向かえばちょうど八時半ごろになる。

ただ、桜木《さくらぎ》はさっき、作業に二〜三時間かかると言っていた。それなら十時を回ってしまう。普段《ふだん》どおりなら、ママも家に帰ってくる時間だ。

一瞬《いっしゅん》迷ったけど、さっき改札を歩いていったママの姿《すがた》を思いだして、ぶるんと頭をふった。

そのときはそのときだ。どうにでもなれ。


「わかった。いいよ、その時間で」

「じゃあ、お名前と、連絡先《れんらくさき》、きいておいていいっスか？」

きかれるまま答えると、桜木はそれらの情報をスマホに打ちこんだ。桜木からは無料でカットするかわりに、完成したら写真を撮《と》って店のスタイルブックにファイルさせてもらいたいと言われた。

「一応店のHP《ホームページ》にも載《の》るんで、インターネットに顔出しすることになるんスけど、それでもかまいませんか？」

（ネットに顔出し……）

一瞬《いっしゅん》考えたけど、こんな小さな街の美容室のＨＰなんて、どうせ誰《だれ》も見ないだろう。

すぐにそう思い直して、うなずいた。

あたしがいいよと答えると、桜木はひょろながい体を折りたたむようにして頭を下げた。

「ありがとうございます。じゃあ明日、お待ちしてます！」

あたしはそれには答えずに、ずっと肩《かた》にかついだままだったラケットバッグをかごにのせると、

「じゃあ」

そう言い残して、自転車のペダルをぐっとふみこんだ。


その日の夜、ママは十一時半ごろ帰ってきた。

いつものあたしは、ママの帰りがどんなに遅《おそ》くなってもリビングでテレビを観ながら待っている。だけど、今日はさっさと自分の部屋に入った。

われながら子どもっぽいって思ったけど、どうしてもママと顔を合わせたくなかったのだ。

「沙羅《さら》、どうしたの？　具合でも悪い？」

コンコンとドアをノックする音がしても、返事はしなかった。そっと扉《とびら》が開き、光がもれる。あたしはふとんに深くもぐりこみ、寝《ね》たふりをした。

「あら、めずらしい。もう寝てるんだ」

ママは独《ひと》り言《ごと》のようにそう言うと、音を立てずにそっとドアを閉《し》めた。ドアの向こうで、小さくテレビの音がきこえてきた。今からシャワーをあびて、いつものようにビールを飲みながら持って帰ってきた仕事でもするんだろう。

あたしはふとんから顔を出して、はあっと深く息を吐《は》いた。

（あ〜あ、なんかもう、あたしって、この世にいてもいなくてもいい存在《そんざい》なのかもなあ）

学校もきらい。

友だちもいない。

好きなこともないし、やりたいこともない。

たとえあたしがいなくなっても、誰《だれ》も困《こま》ったりしないだろう。……ママだって。

そこで、ふっと麻帆《まほ》の顔が思いうかんだ。

まあ、麻帆だけは困るかもな。

あたしがいないと、ダブルスの相手がいなくなるから。

まっ暗な部屋の中、手さぐりでスマホのホームボタンを押《お》すと、四角い画面だけがくっきり灯った。

『あたしがテニス辞めたら困る？』

麻帆にメッセージを送ったら、すぐに既読《きどく》がついた。

そして、四角い画面の中に、汗《あせ》をかいてあわてているようなクマのスタンプが、ぽんとうかんだ。

五

翌日《よくじつ》、あたしはいつものように昼前に起きて、いつものように学校を休み、そしていつものように麻帆と待ち合わせて夕方からスクールへいった。

麻帆は、昨日の夜送ったメッセージのことをなにもきいてこなかった。だからあたしもなんにも言わない。

本当はきっとものすごく気になっているはずだけど、忘《わす》れたふりをしているんだろう。

いつもどおりレッスンを終え、麻帆《まほ》と公園の前で別れたあと、あたしは迷うことなくハンドルを切り返した。

昨日、スマホで検索《けんさく》したから、店の場所はもう頭に入っている。

駅前通りへ続く道を左に折れ、私鉄《してつ》の線路沿《ぞ》いの道を駅とは反対方向へと進んでいく。そばにある街灯のあかりはたよりなく、あたしの自転車のライトだけが妙《みょう》に明るく路面を照らした。

するとすぐに、チラシと同じ外観のヘアサロンが見えてきた。隣《となり》にあるパン屋とクリーニング屋は閉《し》まっていて、桜木《さくらぎ》の店だけが、こうこうとあかりが灯っている。

(……あれかあ)

キッとブレーキをかけて、店の前に自転車をとめる。

光は漏《も》れているが、ロールカーテンは下ろされ、ドアには『クローズ』という札が下げられていた。

腕時計《うでどけい》を見ると、八時半を少し回っている。

（勝手に入っていいのかなあ）

自転車のかごからラケットバッグを持ち上げたと同時に、内側からドアがぱっと開いた。

「中澤《なかざわ》さま、お待ちしておりました！」

桜木は、昨日とはうって変わってはきはきした口調でそう言うと、わざとらしいくらいにっこりとほほえんだ。

「どうぞ、こちらへ！」

そのうしろには店長だろうか、口ひげを生やし、中折れ帽《ぼう》に派手《はで》な柄《がら》のシャツを着たおじさんが、同じように愛想よくほほえんでいた。

「わざわざお越しいただいてすみません。店長の勝山《かつやま》です。今日はうちの桜木が、心をこめて接客させていただきますので、よろしくお願いいたします」

やけに丁寧《ていねい》な口調でそう言うと、深々と頭を下げる。

だけど、顔を上げたとたん、今度はあたしのことを値《ね》ぶみするように上から下までじろじろ見はじめた。

（なんか、やな感じ）

あたしはさっと目をそらすと、桜木《さくらぎ》に案内されるまま店内へと足をふみいれた。

店内は白で統一され、ところどころにかわいらしい雑貨がかざられていた。

カウンターのうしろに、『スタッフ紹介《しょうかい》』と書かれたボードがある。そこには顔写真と紹介《しょうかい》文《ぶん》がコラージュされていた。

それを見ると、この店には男女合わせて五人ほどスタッフがいるらしい。紹介文を読むかぎりでは、桜木が一番下っぱのようだ。

「お荷物、おあずかりします！」

桜木は大きな声でそう言うと、あたしの手からラケットバッグを受けとった。

「こちらへどうぞ」

時々店長のほうをちらちらと見ながら、あたしを鏡の前のイスへと案内しようとして、すぐに店長からチェックが入った。

「申し訳《わけ》ないです、中澤《なかざわ》さん。先にこちらでカルテにご記入いただけますか？」

「……あっ、すいません。忘《わす》れてました」

桜木はあわてたように店長の手からクリップボードを受けとると、ぺこぺこ頭を下げてあたしにさしだした。

「お名前、ご住所、お電話番号と、さしつかえなければ生年月日もお願いします」

そう言われて、あたしはカウンターの上でさらさらと記入していく。生年月日のところでペンをとめ、そこは書かずに桜木に手渡《てわた》した。

桜木はまじまじとカルテを見ると、気をとりなおしたように笑顔を作り、あたしを鏡の前へと案内した。イスに腰《こし》かけると鏡ごしに桜木があたしに笑いかけてきた。

「本日、スタイルアシスタントの桜木陵介《りょうすけ》が担当《たんとう》させていただきます。どうぞよろしくお願いいたします」

いかにも言わされてますって感じでふきだしそうになる。でも、きっとそれがこの店の接客ルールなんだろう。あたしはだまってうなずいた。

「それで、そのう……。本日は、どのようにさせていただきましょうか？」

桜木が、鏡ごしにあたしに尋《たず》ねた。あたしはふりかえり、桜木の目を見て言った。

「あんたと同じ色に染《そ》めてほしいんだけど」

「ええっ、俺《おれ》？」

桜木《さくらぎ》はすっとんきょうな声でそう言うと、おどおど店長を見た。

店長はだまって腕《うで》を組んでいる。

「え、ええっとですね。金髪《きんぱつ》にする場合は、一度ブリーチって言って髪《かみ》の色をぬいて、それから色を重ねるんです。なので、一回でここまで金色になるかどうかは、髪質《かみしつ》にもよるんです。それに、結構キツイ薬剤《やくざい》使うんで、髪が傷《いた》む場合もあるんですけど……」

桜木がしどろもどろで説明したけど、あたしはすぐにうなずいた。

「いいよ、別に。失敗したら、短く切ればいいし」

あたしは肩《かた》に落ちる自分の髪を指先でさわった。

「……でも、中澤《なかざわ》さん、今、せっかくきれいで健康な髪なのに」

桜木は心からそう思っているようで、名残惜《なごりお》しそうにあたしの髪をみつめた。

「一回で染《そ》まらないなら、何度か通えばいいの？　それか、二回目以降《いこう》はお金かかったりするわけ？」

桜木は助けを求めるように、店長を見た。

「いいえ、基本、ご希望のスタイルになるまでは、こちらで責任を持ってやらせていただきますので、お金はかからないです。でも、その前に確認《かくにん》させていただきたいのですが」

店長はそこまで言うと、あごで桜木になにかを指示した。桜木が、あわててそのあとをひきつぐ。

「え、えっとですね、失礼なんですけど、中澤さん、高校生じゃないですよね？　髪染めて、学校とか、大丈夫《だいじょうぶ》ですか？」

「は？　高校生？　あたしが？　……違《ちが》うけど」

口をゆがめて顔をそむけると、桜木はすぐにホッとしたような顔になった。

「あ、すいません。ですよね。やっぱ、大学生ですよね。失礼しました」

（は？　なんでそこで上になるわけ！）

そう思ったけど、さっきの口ぶりでは、中学生だとばれたらそのブリーチとやらをやってもらえないようだ。あたしはそれ以上、なにも言わなかった。

桜木が店長に薬剤《やくざい》の指示を受けているのを見ながら、あたしは心の中で舌を出した。

あたしは否定《ひてい》も肯定《こうてい》もしていない。

勝手にまちがえたのは、そっちのほうだ。

その後、アレルギーはあるかとか、髪《かみ》の長さはどうするかなど細かい質問をされたあと、耳たぶにつけたピアスをとるように言われ、あたしはシャンプー台へと座《すわ》らされた。

顔にタオルを乗せられ、温かいお湯で髪を流される。

「髪、ずっと染めようって思ってたんスか？」

耳元で、桜木《さくらぎ》の声がきこえる。あたしは顔にタオルを乗せたまま、なにも答えずにいたら、桜木はひとりごとのように続けた。

「……中澤《なかざわ》さん、俺《おれ》より絶対金髪《きんぱつ》似合うだろうなあ」

そうつぶやいたあと、桜木は大きな手であたしの頭を支えながら、ていねいに髪を洗《あら》いだした。はえぎわや耳のうしろ、頭のてっぺんを、強すぎるわけでも、たよりない感じでもなく、絶妙《ぜつみょう》な力加減でマッサージしていく。

耳元で、シャンプーが泡立《あわだ》つ音がきこえるのをきいていたら、そのままうとうと眠《ねむ》りそうになった。ふうっと一瞬《いっしゅん》意識が飛びそうになったとき、突然《とつぜん》顔の上に乗せられていたタオルをはずされた。そこで、はっと意識がもどる。

「じゃあ、先に髪の色をぬいていきますので」

桜木にうながされ、またさっきの席へともどる。

首のまわりにタオルとケープをかけられ、雑誌《ざっし》を数冊渡《すうさつわた》された。

普段《ふだん》、あたしが読んでいる雑誌とは紙の質が全然違《ちが》うぶあつい雑誌。ぱらぱらとページをめくってみると、モデルは全員外国人で、着ている服もハイブランドばかり。どう考えても中学生のあたしが読むような雑誌ではなさそうだ。

それでも、きれいな写真が多くて目をうばわれる。興味深く見ていると、桜木がおそるおそる話しかけてきた。

「中澤さんって、テニスされてるんですよね？」

あたしは雑誌から顔を上げて桜木の顔を見た。

「なんで？」

「昨日も今日も、ラケット持ってジャージ姿《すがた》だし、大学のテニスサークルかなにかに入ってるのかなと思って。テニス、お好きなんですか？」

手をとめて、しどろもどろで質問を重ねる。

あたしは、桜木のうしろで腕《うで》をくんで見ている店長をちらっと見た。

（……たぶん、『客とコミュニケーションをとれ』とかなんとか言われてるんだろうな）

美容室にいったとき、なにが一番いやかって言うと、あれこれ質問されること。

マニュアルで決まっているのか、趣味《しゅみ》はなんですか、とか、好きな芸能人って誰《だれ》ですかとか、どうだっていいことばっかりきいてくる。

それもサービスの一部なのかもしれないけど、いちいちくだらない質問をしないでほしい。

「あのさ、そういうの、別にいいから」

ぴしゃりと言うと、桜木《さくらぎ》もホッとしたのか、もうそれきりあたしに話しかけてこなくなり、またもくもくと作業をはじめた。あたしも、だまって雑誌《ざっし》に目を落とす。

「根元がぬれてない」

「しっかりブロッキングして」

店長が、たまに小声で桜木に注意するのがきこえるくらいで店内は静まり返っている。

桜木がコームを作業台に置く音や、スニーカーが床《ゆか》とこすれる音。それがなんだか心地いい。

そばで見ていた店長は、もう大丈夫《だいじょうぶ》だと思ったのか、

「じゃ、俺《おれ》、バックヤードで売り上げ計算してるから、あとそこだけぬりおわったら、遠赤のタイマーセットするの忘《わす》れないようにな」

そう言うと、あたしに軽く頭を下げて店の奥《おく》へとひっこんでいった。店内はあたしと桜木だけになる。

しばらく雑誌《ざっし》をながめていたけれど、なにげなく雑誌から顔を上げたとき、鏡の向こうに見える桜木に目をとめた。

桜木は、さっきまでの自信なさげな表情とは違《ちが》い、真剣《しんけん》な顔であたしの髪《かみ》に薬剤《やくざい》をぬっている。その動きに迷いはない。

じっと桜木の顔を見ていたら、ふいに話しかけたくなった。

六

「……ねえ」

あたしの呼《よ》びかけに、桜木《さくらぎ》がはっとしたように顔を上げた。

「はい！　なんッスか」

「どうして美容師になろうと思ったわけ？」

「えっ」

桜木は作業の手をとめて、鏡の向こうからあたしを見た。

「小さいころからの夢とか目標だったの？」

かさねてきくと、桜木は口ごもりながら答えた。

「……夢ってそんなおおげさなもんじゃないッスけど」

歯切れの悪い桜木に、たたみかけるように質問を続ける。

「中学を卒業してから、このお店で働いてんの？」

あたしの言葉に、桜木は小さな目をぱちぱちとまたたかせ、とまどったように答えた。

「……いえ、一年のときに高校中退したあと、二年間バイトして金ためたんス。そっから奨学《しょうがく》金《きん》借りて、美容学校に二年通いました。そのあと他の店で三年働いて、ここではまだ二年目ッス」

あたしは指を折って計算してから、えーっと声をあげた。

「じゃあ今って二十五なの？　そんなに歳《とし》、いってるんだ？」

おどろいてそうきくと、桜木は見るからにムッとした顔になった。

「そんなって、中澤《なかざわ》さんも大学生でしょ？　俺《おれ》とそこまで変わらないと思いますけど」

（こっちはまだ十五なんだけど）

あたしも、むっと口をとがらせる。

「で、さっきの質問。どうして美容師になったの？　まだきいてないんだけど」

桜木は中断していた作業を再開させて言った。

「それしか、親にほめられたことがなかったからッス」

桜木の言葉を頭の中でくりかえす。

（ほめられたって髪《かみ》を切ることを？　それってどういう状況《じょうきょう》で？）

桜木が口を開けば開くほど、ききたいことが次々思いうかんで、思わず苦笑する。

さっき、桜木があたしに質問してきたときは、いちいち質問してくんなって思ったのに、今度はあたしのほうが桜木に質問しまくっている。まるで、カズコちゃんみたいだ。

あたしは鏡の中の桜木《さくらぎ》をにらみつけてまた質問した。

「ってことは、昔から、誰《だれ》かの髪《かみ》、切ってたわけ?」

桜木はだまってうなずいた。

「うち、なんもしない親だったから、いっつも俺《おれ》が妹の髪、切ったり結んだりしてやってたんです。それ見て、一回だけ母ちゃんが『あんた、器用だねえ。美容師になれるよ』ってほめてくれたことがあったんで」

桜木はなんでもないように答えたけれど、あたしはその話の続きがききたくなった。

それっていくつくらいのとき?

妹っていくつ下?

どんな髪型《かみがた》にしたの?

やつぎ早に質問したけど、桜木はどれにも律儀《りちぎ》に答えてくれた。

妹の髪を切るようになったのは中学生のときから。

妹は、桜木よりも十三歳下《さいした》で、母親が新しい父親と再婚《さいこん》したあとにうまれた子どもらしい。

はじめは前髪《まえがみ》をそろえるくらいだったけれど、妹にアニメの主人公と同じ髪型にしてくれとねだられて、ネットの動画を見ながら三つ編みやおだんご、編みこみなんかができるようになったんだそうだ。

「ふうん。じゃあ、もうその子も大きくなってんでしょ？　それならわざわざ街で知らない子に声かけたりしなくても、自分の妹にカットモデルしてもらえばいいんじゃないの？」

あたしが言うと、桜木は一呼吸《ひとこきゅう》置いて小さい声で答えた。

「……無理っス」

「なんで？」

「俺が高校一年のとき、母ちゃんが妹つれて出ていったんで。それっきりどこにいるのか俺、知らないんス」

「えっ」

あたしはそこで絶句した。

それっきりって、じゃあ、桜木は血のつながらない父親の元に、ひとりだけ残されたってこと？

さっき、桜木は一年で高校を中退したって言っていた。

それは、もしかしたら桜木《さくらぎ》の母親が家を出たことと関係あるんじゃないだろうか。

(信じらんない。最低な母親だな)

おなかの底からふつふつと怒《いか》りがわきおこる。

桜木は、あたしが腹《はら》を立てていることに気がつきもせず、ラップであたしの頭をぐるぐるまきにしはじめた。

「今から遠赤あてますので、少々お待ちください」

あたしの肩《かた》にタオルをかけてそう告げたあと、アームの先に丸いわっかのついた機械をゴロゴロ押《お》してきて、操作《そうさ》しはじめた。

「……なんで?」

あたしはイスの肘置《ひじお》きにしがみついて、桜木のほうをふりかえった。その勢いで、さっき肩《かた》にかけたタオルがはらりと床《ゆか》に落ちる。

「なんでそんなことで、自分の将来《しょうらい》、決めちゃったわけ? たった一回ほめられただけじゃん。しかもあんた、その母親に捨《す》てられたんだよ? 腹立たないの?」

あたしの勢いにおどろいたのか、桜木は小さな目をぱちぱちさせたあと、ゆっくりと床に落ちたタオルを拾いあげた。

「俺《おれ》、他になんのとりえもないし。腹立ててもしょうがないし。それに……」

桜木は棚《たな》から新しいタオルをとりだして、あたしの肩にのせた。

「親には親の、俺には俺の人生があるから」

ぼそりとそう言ってから、またわざとらしい笑顔を見せた。

「それでは、アラームが鳴るまで、少しお待ちくださいね」

桜木はそう言いのこして、店長のいるバックヤードへとひっこんでいった。桜木の姿《すがた》が見えなくなってから、あたしはイスにもたれて深く息をはいた。

ばっかみたい。

どうしてあたしが、今日あったばかりの男の身の上話に、こんなに腹を立てなきゃいけないんだろう？

顔を上げると、頭にラップをまかれたあたしが、いどむような目つきでこっちをにらみつけていた。

本当は、ずっと前からわかっていた。

いつまでも、今のままじゃいられないって。

桜木《さくらぎ》の言う通り、親には親の、あたしにはあたしの人生がある。

わかっていたけど、認《みと》めたくなかった。

あたしが親離《おやばな》れできていないただの弱虫だってことを。

昨日、あたしはママにかくしごとをされて腹《はら》を立てていたけれど、あたしだってママにかくしていることがある。

初めてスクールの見学にいった日、ママはあたしに「どうする？」ってきいてきた。「テニス、したい？」って。

あたしはすぐに「やりたい」って言ったけど、本当はやりたくなんてなかった。

だけど、あたしがスクールへいかないと、ママは仕事ができなくなる。だからやりたいってうそをついた。

本当は、これっぽっちもそんなこと、思っていなかったのに。

父親なんていなくてもいい。

友だちも、恋人《こいびと》もいらない。

ママさえいればそれでよかった。

ひとりぼっちの留守番も、参観日も、本当はさみしくてたまらなかった。

でも、それは口に出しちゃいけないんだって、わかっていた。じゃないとママを悲しませるから。

だからあたしは、学校を休んでも、スクールへは通い続けた。そうすることで、ママの相棒《あいぼう》になれると思って。

頭の上では、土星みたいな輪っかが、ゆっくりと回っている。

あたしは、ぐしゅんと鼻をすすった。


すべての作業が終わったのは、十一時すぎだった。

「遅《おそ》くなって、ホントすんません!」

桜木と店長が、交互《こうご》にぺこぺこと頭を下げる。

「大丈夫《だいじょうぶ》だってば」

あたしは桜木からラケットバッグを受けとって、そっけなく答えた。

さっきスマホを確認《かくにん》したら、着信が何件も入ってた。画面を開いていないけど、きっとママからだろう。

仕事から帰っても家にあたしがいないのを知って、あわてて電話をしてきたに違《ちが》いない。

「……ホントに、その色で大丈夫《だいじょうぶ》ですか？」

桜木《さくらぎ》がおずおずときいてきた。

あたしはだまって肩《かた》にかかる髪《かみ》を持ちあげた。

あたしの髪は、モウドクフキヤガエルみたいなあざやかな金色にはならなかった。ぼんやりとした薄茶色《うすちゃいろ》。だけど、今までの髪色《かみいろ》とはあきらかに違う。

「うん、今日はとりあえずこれでいいよ。また来週、続きをやってくれるんだよね？」

「はい、それはもちろん」

桜木の代わりに店長が答えた。

そのときには今日できなかったカットもして、スタイルブック用の撮影《さつえい》もしたいとつけくわえた。スマホかなんかで撮《と》るんだと思っていたけど、店長の話では、どうやらプロのカメラマンがくるらしい。無料でメイクもしてくれるのだそうだ。

（そんな話、桜木からはきいてなかったんだけどな）

そう思ったけど、今さら文句を言うことでもない。

「了解《りょうかい》」

あたしがポケットをさぐって自転車のかぎをとりだしたのを見て、桜木が先に立ち、外へ出るドアを開けた。

いつの間に、雨が降《ふ》っていたのだろうか。アスファルトがぬれていた。あたしの自転車のサドルにも、雨粒《あまつぶ》がついている。

桜木は手に持っていたタオルですばやくサドルをふくと、あたしのほうへふりかえった。

「家、この近くですか？　よかったら、俺《おれ》、送りますけど」

「いい」

あたしはきっぱり断った。

どっちにしろ、ここから家までは自転車で五分ほどだ。

桜木につきあって歩いて帰ったりしたら、そのほうが時間がかかってしまう。

「じゃあ、また来週の金曜日。今日と同じ時間にくるから」

あたしはそう言うと、ラケットバッグをかごに入れ、自転車にまたがった。背中《せなか》を向けてペダルをふみこんだら、「ありがとうございました」という声がうしろからきこえてきた。それでも、そのままペダルをこいでいく。

雨が降《ふ》ったせいか、しめった空気があたりを包んでいる。

だけど、空を見上げると星たちがまるで雨に洗《あら》われたように清潔な光を放っていた。

車道の横にある高架《こうか》を、こんな時間だというのに、意外とたくさんの人を乗せた電車が通りすぎていった。

横断歩道を右に曲がる前に、点滅信号《てんめつしんごう》でブレーキをかけ、すぐそばのショーウィンドーに映《うつ》る自分の姿《すがた》を確認《かくにん》した。

思ったような金髪《きんぱつ》にはならなかったけど、この髪色《かみいろ》のほうがずっと自然な感じがする。

ママは、この髪《かみ》を見てなんて言うだろう?

ピアスを開けたときみたいに、ちょっと困《こま》った顔をして、それからぎこちなく笑うだろうか。「いつも一緒《いっしょ》にいられなくて、ごめんね」って。

ポケットに入れたスマホが、ブルブルとふるえだした。暗闇《くらやみ》に四角くうかびあがる画面を見ると、『ママ』と表示されている。

これからは、威勢《いせい》のいい弱虫じゃいられない。

ママの手を離《はな》して、自分の足で歩いていかなきゃいけないんだ。

でも、あたしにそれができるだろうか。

一瞬《いっしゅん》、不安な気持ちになったけど、あたしはきゅっとくちびるをかみしめた。

できなくても、やるしかない。

なんでもいい。なにか、方法をみつけて。

しばらく手の中でふるえるスマホを見てから、あたしは大きく息をすって、着信ボタンを押《お》した。

「……もしもし？」

夏・翔太《しょうた》

# 残念ヒーロー

# 一

どこかで、ヘリコプターの音がする。
俺《おれ》はほおづえをついて、窓《まど》の外を見た。
教室から見える四角い空の中にその姿《すがた》はないのに、音だけはしっかりときこえている。
（……どこ飛んでんだろうなあ）
ぐっと窓のほうに身を乗り出す。
まっ青な空に、目がチカチカするくらい白い雲。これぞ夏って感じの空だ。
……まだ、梅雨はあけてないんだけど。
「大事なプリントだから、よく読めよ～」
よくとおる担任《たんにん》の声に、意識を教室にもどす。

いつの間にか、前の席から回ってきたプリントが、俺《おれ》の手元にあった。

『第二回　進路希望調査票』

（またこれかあ……）

たしか中三になってすぐ、一回目の調査票をもらったはず。なのに、たった三か月でもう二回目の調査なんて、どんだけ調査好きなんだよってつっこみたくなる。

「ねんのため、保護者の確認印《かくにんいん》をもらってから提出するように……」

先生が最後まで言い終わらないうちに、最前列の槙野《まきの》が早速先生にプリントを押《お》しつけた。

「はい、はい、はい！　できましたあ」

先生が、即座《そくざ》にしぶい顔でつきかえす。

「今、保護者の確認印をもらうようにと言ったところだろうが。ちゃんときけよ」

その言葉に、教室がどっとわく。

「きみたちの大事な進路のことだ。しっかり考えて書くように」

先生はそう言って、芝居《しばい》がかった表情で教室を見渡《みわた》す。

「……って言っても、どうせみんなこのまま持ち上がりじゃんね」

俺のうしろで、女子たちがこそこそ話すのがきこえる。

（まあ、そりゃあそうだよな）

俺が通う私立聡明学院《しりつそうめいがくいん》には、付属の大学がある。そこまで偏差値《へんさち》が高いわけではないが、全国的にもそこそこ名が知られていて、金持ちの子どもが多いことでも有名な大学だ。

なので、よっぽど成績がいいか、反対によくない場合かをのぞき、ほとんどの生徒がそのまま高校、大学へと進学する。そして、大手企業《きぎょう》へ就職《しゅうしょく》できることになっている。

俺は、特にこの学校にきたかったわけではない。

母ちゃんがここにしろってうるさいから、したがったまでだ。

母ちゃんはひとりっ子の俺に、ゆくゆくは、父ちゃんが経営している会社を継《つ》いでもらいたいと思っているようだ。

家から電車で通えて、そこそこ有名で、俺の成績でもいけるレベルだから、ここにしろって言ったんだと思う。

俺はシャーペンをカチカチ鳴らして芯《しん》を出すと、『変更《へんこう》なし』に丸をつけようとして手をとめた。

その下の欄《らん》に、注意書きがある。

『※コース変更《へんこう》を希望する場合は七月四日までに担任《たんにん》に届《とど》け出ること（スタンダードクラス、プリヴィレージュクラス、アスリートクラス）』

（あ、そういえば、もうひとつ理由があったんだっけ）


俺《おれ》の通う中等部には、スタンダードクラス（通称《つうしょう》・スタクラ）とプリヴィレージュクラス（同じくプリクラ）しかない。言いかえればスタクラは普通科《ふつうか》で、プリクラは特進クラスだ。

そして高等部からはそこへあらたに、アスリートクラスが増える。

聡明学院《そうめいがくいん》は勉強だけでなく、スポーツにも力を入れていて、特にテニス部とサッカー部は、全国的にも有名な強豪校《きょうごうこう》だ。わざわざ他府県からも、聡明に入学する生徒もいるらしい。

アスリートクラスは、その生徒たちのためのクラスで、練習時間を多くとるために、特別な授業をしている。つまり、部活動に特化したコースなのだ。

母ちゃんは、テニスを続けるなら、絶対にこの学校がいいとはりきっていた。中学からは、堂崎《どうざき》テニススクールを辞めて、聡明で部活に入って本格的にテニスをすればいいからって。

（でもまあ、俺は入らなかったんだけど）

だって、聡明のテニス部に入ってしまったら、俺程度のプレイヤー、うもれてしまうに決まってる。それなら、堂崎の中でそこそこうまいって言われてるほうが気が楽だ。

今度こそスタンダードクラスに丸をつけようとしたら、途中《とちゅう》でぽきりと芯《しん》が折れてしまった。もう一度シャーペンの芯を出そうとしたけれど、途中でやめた。

（……あとでいっか）

俺はプリントをつかんで、乱暴《らんぼう》に通学かばんへ押《お》しこんだ。


チャイムが鳴り、ホームルームが終わる。

静かだった教室はとたんににぎやかになり、クラスのやつらは部活の準備をはじめだす。その中を、俺はひとりかばんを持って、廊下《ろうか》へと出た。

すると、すぐにうしろから声をかけられた。

「辻崎《つじさき》くん、もう帰るの？」

ふりかえらなくても、声だけで誰《だれ》だかわかる。

同じクラスの盛重魁人《もりしげかいと》だ。

俺《おれ》は、だまってうなずくと、そのまま歩き出した。

「いっつもすぐ帰っちゃうよね。もしかして、塾《じゅく》？　それとも、なんか用事でもあるの？」

盛重は俺の隣《となり》に並《なら》んで、女子みたいな舌ったらずな声でしゃべりかけてくる。

（あー、めんどくせ）

テニススクールがあると説明したら、どうして部活に入らないのかとか、週に何度あるのかとか、根ほり葉ほりきかれそうだ。俺は、まただまってうなずいた。

「そっかあ……。帰りに一緒《いっしょ》に映画《えいが》にいかないかなって思ったんだけど。今週公開の新作、おもしろそうだし」

盛重は、残念そうにそういうと、横目でちらっと俺を見た。

声だけじゃなく、見た目も女の子みたいだ。

色が白くて天然パーマ。それからやたらとまつ毛が長い。

背《せ》だって低いし、体つきも中三とは思えないくらいきゃしゃだ。男子の制服を着ていなければ、女子と言っても通用しそうだ。

俺がずっと返事をしないでいると、盛重はあきらめたようだ。

「……じゃあ、またね」

そういうと、とぼとぼと教室へもどっていった。

その小さなうしろすがたを肩《かた》ごしにぬすみ見る。

(こりないやつだなあ)

盛重には、友だちがいない。

そして同じく俺にも友だちがいない。

俺たちはたんなるクラスのあぶれもの同士で、ずっと接点がなかったんだけど、二か月ほど前、映画館《えいがかん》で偶然《ぐうぜん》顔を合わせたことがあった。

その映画館はいわゆるミニシアター系《けい》で、上映《じょうえい》されていたのも中学生の男子が観るようなタイプの映画ではなかった。なので、俺もかなりおどろいた。

こんなマイナーな映画、観るやついるんだなって。

きっと盛重は、それで俺となかよくなれると思いこんだようだ。その日以来、放課後になるといつも俺にまとわりついてくる。

（べつに、そういうんじゃないんだよなあ）

むかしから友だちがいなかった俺《おれ》は、テニスがオフの日、することがない。それでひまつぶしに映画《えいが》を観るようになった。

多い日は、朝から晩《ばん》まで映画館《えいがかん》にいて、四本ぶっとおしで観ることもある。だからといって、特別映画ファンってわけでもない。

反対に盛重《もりしげ》は、きっと純粋《じゅんすい》な映画ファンなんだろう。俺と映画の話をしたくてたまらないようだ。

だけど、残念ながら俺は映画を語れるほどのめりこんでいるわけでもないし、誰《だれ》かとつるむ気もない。

（俺に期待されても、困《こま》るんだよな）

廊下《ろうか》には、今から部活へ向かうやつ、友だち同士でしゃべってるやつ、トイレに直行するやつ、さまざまだ。その人の波をよけて、昇降口《しょうこうぐち》へと向かう。

聡明学院《そうめいがくいん》の生徒は、ほとんどがなにかしらの部活に入っている。

俺も盛重も、友だちがいないのは、たぶん部活に入っていないからだ。

いや、盛重はコンピューター部に入っているらしいけど、昨年先輩《せんぱい》が卒業して、後輩《こうはい》が誰も入ってこなかったから、部員はぼくひとりなんだと前に言っていた。

中にはクラブチームに入っていて、学校の部活に入っていないやつもいるけれど、それはかなり有名なチームのユースクラブだったり、オリンピック強化選手クラスだったりする。

俺みたいにまったく無名のテニススクールに入っていて、部活に入っていないやつはめずらしいと思う。

昇降口手前にあるロッカールームで靴《くつ》をはきかえていると、テニス部のやつらが集団でこちらに向かってくるのが見えた。

（やべっ）

俺はぬいだ上ばきをロッカーに投げつけると、いそいでローファーに足をつっこんだ。

かかとがひっかかったまま、かまわず昇降口へ向かおうとしたら、名前を呼《よ》ばれた。

「おい、翔太《しょうた》」

それでもきこえないふりで出ていこうとしたけれど、

「きいてないふりすんなよ」

先回りされて、しかたなくふりかえった。

「……なに？」

すると、聡明《そうめい》テニス部のTシャツを着た佐竹篤《さたけあつし》が、ラケットバッグをかつぎなおして俺《おれ》のほうに近づいてきた。すこし離《はな》れた場所からテニス部のやつらが、こっちをじろじろ見ている。

「進路希望調査票、配布されただろ。おまえ、またスタクラで出すわけ？」

だまっていたら、篤は大げさな動作ではあっと大きく息を吐《は》きだした。

「翔太《しょうた》さ、なんのためにこの学校きたんだよ。テニスするためじゃないの？　なんでいつまでも堂崎《どうざき》なんかいってんだよ」

俺は篤の顔をにらみつけた。

「どこでテニスやろうが、俺の勝手だろ」

はきすてるようにそういうと、地面につま先をたたきつけて、ひっかかったままのかかとをローファーに押《お》しこんだ。

そのまま篤に背《せ》を向けて、昇降口《しょうこうぐち》へと歩きだす。

「こわいんだろ」

篤の言葉が、おいかけてくる。

「おまえ、自分の限界を知るのが、こわいんだろ。だから、勝負から逃《に》げてんじゃねえのか！」

（あー、うるせ。そういうの、ききあきたっての）

俺はだまってポケットに手をつっこみ、にぎやかにさわいでいる連中の群れをよけて昇降口を出た。


篤は、小学五年生まで堂崎テニススクールに所属していた。かつてのクラブ仲間だ。

同じ年だったこともあって、そのころはペアを組んでいたんだけど、篤は国内外のいろんな大会にエントリーし、着実に国内ランキングを上げていった。

有名選手から直接指導を受けられるイベントにも積極的に参加し、そこで知り合ったコーチのいる強豪《きょうごう》テニススクールへとあっさり移籍《いせき》してしまったのだ。

正直言って、俺はホッとしていた。

なにしろ、篤はにこやかな見た目とは裏腹《うらはら》に、根っからの体育会系気質《たいいくかいけいきしつ》で、テニスのことしか考えていないやつだったからだ。

ダブルスの試合が終わるとすぐにミーティングをしたがり、どうすれば勝てるか、そのためになにをすればいいか、いつも自分にも俺《おれ》にも問いかけてくるようなやつで、いわゆる熱血漢。俺が一番苦手なタイプだ。

篤《あつし》はいつも俺に「もっと本気出せよ」と怒《おこ》っていた。

それは、他のコーチたちもそうだ。前にペアを組んでいた誠《まこと》も。

篤が堂崎《どうざき》を辞めてからというもの、トーナメント表なんかでたまに名前を見ることはあったけど、俺よりずっと成績がいいから対戦することもなかった。だから、篤の存在《そんざい》も忘《わす》れかけていた。

それが、どうだ。聡明《そうめい》に入学したら、そこに篤がいたのだ。

篤は、俺に会うなりほがらかにきいてきた。

「翔太《しょうた》、ここにいるってことは、やっとテニス本気でやる気になったんだな。トーゼン、部活、入るんだよな?」

「入るわけねえだろ。俺は、堂崎でじゅうぶん」

即座《そくざ》にそう答えると、篤はあきれ顔で俺に言った。

「あんなとこでテニス続けて、なんになるんだよ」

(いいんだよ、俺にはそれで)

そう思ったけど、口には出さなかった。

どうせ篤には、理解できないだろうから。


校門を出て、ゆるやかな坂道を下りながら、ふと顔を上げる。

聡明学院自慢《じまん》の、八面あるテニスコートが見える。

篤はここで、高等部の先輩《せんぱい》たちにまじって日々練習をしている。

コートでは、一年生だろうか。準備をはじめている。俺はしばらくその様子を見ていたけれど、かばんをかつぎなおして、また坂道を歩きだした。

## 二

『今日も箱に入っています　#ねこのいる生活　#ねこ部　#ふわもこ倶楽部《くらぶ》　#エキゾチックショートヘア』

『おさんぽいきたくないとがんばってるマリモさん　#いぬ部　#おさんぽ　#犬とのくらし』

スマホを操作《そうさ》するたびに、丸々太った犬やら猫《ねこ》たちが画面の中で動き回る。散歩中なのだろうか。犬と呼《よ》ぶにはあまりにも太りすぎた犬が、数歩歩いたあと、ごろりと横になり、しまいには飼い主にひきずられる動画を見て、あやうく声を出して笑いそうになった。

咳《せき》ばらいをして、目だけですばやくあたりを見まわす。

中途半端《ちゅうとはんぱ》な時間帯のせいか、電車には、スーツを着たサラリーマン、赤《あか》ん坊《ぼう》をベビーカーに乗せた若《わか》い母親、それから大学生くらいの若い男が間隔《かんかく》をあけて座《すわ》っている。

みんな手元のスマホに目を落としていて、俺《おれ》のことなんて気にもしていない。

俺はまたスマホの画面に目をもどし、なるべく表情を変えないように、今見た動画のリンクを沙羅《さら》と麻帆《まほ》へと送った。

(ま、あいつらが観るかどうかはわかんないけど)

休み時間や昼休み、それから通学の合間、俺はひまつぶしに、いろんなSNSをチェックする。

自分が食べたものや買った服、ペットの動画、自作の漫画《まんが》に子どもの写真……。

みんな、世界に向けていろんなことを発信したいんだなあとつくづく感心する。

ときどき、その中でおもしろいと思ったものを沙羅と麻帆に送るけれど、ふたりからの反応は特にない。

麻帆からは一応返信はあるけれど、『うけとった』というスタンプだけで、感想らしきものは一度も送られてきたことがないから、きっとリンクも開いてないだろう。

(それで、いいんだ)

あいつらは、俺《おれ》になにも期待していない。

俺だって、あいつらに期待なんかしていない。

だから、意味のないメッセージを送ることだってできるのだ。

スマホを操作《そうさ》する手をとめて、なにげなく窓《まど》の外を見た。もうすぐ夕方になるはずなのに、まだ日差しがきつい。

そのとき、空になにか光るものをみつけ、目をこらす。

(……あ、飛行機雲)


小さいころ、俺が通っていた幼稚園《ようちえん》には、保護者向けのクラブ活動があり、俺の母ちゃんは、入園してすぐにテニスサークルに入部した。

まったくの初心者だったにもかかわらず、すっかりテニスにはまってしまった母ちゃんは、幼稚園がない夏休みでも、ママ友数人を誘《さそ》って近所のテニスコートを予約するほど、結構な熱の入れようだった。

俺とは正反対で人付き合いのうまい母ちゃんは、とにかくしゃべるのが好きな人だ。どうしてあんなに次から次へと話題が出てくるのか不思議でたまらない。

父ちゃんは俺と同じでまったくしゃべらない人だから、きっと俺は父ちゃんのDNAを色濃《いろこ》く反映《はんえい》してしまったんだと思う。

テニスをしているときも、しゃべりながらいいかげんに打ち合いをしている母ちゃんたちのボールは、いつもコントロール不能で、どこに飛んでくるのかわからなかった。

だから、子どもたちはみんなフェンスの外に出され、きゃあきゃあと楽しそうな母ちゃんたちをながめて二時間、ずっと待っていなきゃいけなかった。

そのテニスコートは街はずれにあり、一面しかないコートのまわりは草がぼうぼうで、とってもワイルドなところだった。

他の子たちは、虫とりあみを持って走り回ったり、草や木の実を使って家族ごっこをしたりして、待ち時間を満喫《まんきつ》していたけど、そのころから協調性のなかった俺は、その二時間がいやでいやで仕方なかった。

「母ちゃん、まだあ？」

フェンスにつかまってそうきくたび、「うるさいわねえ！　みんなと遊べばいいでしょっ」

とどなられた。

仕方なく、フェンスの外に設置されたパラソルの下でベンチに座《すわ》り、ひたすらゲームをして待っていた。

俺《おれ》は虫がきらいな子どもだった。変な音で鳴くし、見た目も気持ち悪いし、いきなり飛び出してくるし。

ついでに、草も、自然も、友だちも大きらいだった。それは、中学生になった今でも変わらない。


そんなある日。

その日は、なぜか母親たちの中にひとりだけ若《わか》い男の人が交じっていた。

はっきり顔は覚えていないけど、見るからに若い人で、まっくろに日焼けしていて、とにかくやたらとテニスがうまかった。

今思うと、どこかのテニススクールのコーチにお金をはらって、一日だけ教えにきてもらっていたのだろう。

母ちゃんたちは、いつもより一オクターブ、いや、二オクターブは高い声で、きゃあきゃあ言いながら球を追いかけていたのを覚えている。

俺はどうでもよかったので、いつもどおり、ベンチに座ってゲームをしていた。すると、いつの間にかベンチの反対側のはしっこに女の子がひとり、心細そうな顔で座っていた。

真夏の昼間から、テニスをしたがるようなお母さんはあまりいない。

ましてやそのテニスコートは、あまり手入れされていないわりに利用料金が高かったらしく、母ちゃんは毎回メンバー集めに苦労していたようだ。

友だちの友だちを呼《よ》んでもらったりして、毎回集まるメンバーが違《ちが》っていたから、その女の子は、もしかしたらよその幼稚園《ようちえん》の子で、年も同じ年ではなかったかもしれない。

その日、つれてこられていた子どもは男ばっかりで、みんないつものように大喜びで虫とりをしていた。

その子は、俺と同じで一緒《いっしょ》に遊ぶ相手がいなかったのだろう。

泣きそうな顔で、草から飛び出してくる虫から身を守るようにして、膝《ひざ》をかかえていた。

（あの子も、虫がきらいなのかな……）

普段《ふだん》なら、女の子のことなんてまるで気にしないのに、その子のことはなぜだか気になってしかたがなかった。

助けてあげたいけど、俺《おれ》だって虫はきらいだ。

なにか声をかけてあげたくても、なにを話せばいいのかもわからない。

スパーン、スパーンとテニスボールを打つ音をききながら、どうしようかと迷っていたら、二本の飛行機雲がまるで空に大きくバッテンしたように、交差しているのをみつけた。

(……すげー)

あれを見せれば、女の子も元気が出るかもしれない。

そう思って、俺はちらちらと横目で女の子を見た。

すると、さっきまで泣きそうな顔をしていた女の子が、フェンスをつかんで食い入るようにコートを見ていた。

(なに見てるんだろう?)

不思議に思った俺は、ゲームをセーブして女の子の隣《となり》におそるおそる近づいた。

すると、女の子が突然《とつぜん》、つぶやいたのだ。

「あの人、ヒーローみたい」

女の子の視線《しせん》の先をたどると、母ちゃんたちに見本を見せるためだろうか。さっきのお兄さんが、サーブを打っていた。何度も、何度も。

「ヒーローって、なに？」

俺がきくと、女の子ははじかれたように背筋《せすじ》をのばしふりかえった。

そして、隣に俺がいたことに、初めて気がついたみたいな顔で、まじまじとみつめた。

「知らないの？」

きかれて、俺はこくんとうなずいた。

すると、女の子はまるで小さい子に話すように、ゆっくりと言った。

「正義の味方だよ。よく、日曜日の朝とかにテレビに出てるでしょ」

それなら、俺だって知ってる。

変身して、悪者をやっつける人のことだ。俺の家に、変身グッズだっていっぱいある。

だけど、あのお兄さんはフツーの人間だ。

戦闘用《せんとうよう》のスーツも着ていないし、カッコいい武器も持っていない。もちろん、悪者だってやっつけてやしない。

「どうして、あの人がヒーローなの？」

不思議に思ってきいてみた。

すると女の子は、何度もぱちぱちとまばたきをしてから答えた。

「だって、カッコいいから」

その言葉をきいて、俺《おれ》は、食い入るようにサーブを打つお兄さんを見た。

まるで、バレエダンサーのように優雅《ゆうが》なしぐさであげるトスアップ。

バネのようにしなる背中《せなか》。

高い位置でボールをとらえ、ラケットをふりぬく。

スパーンと小気味いい音を立て、ボールは弾丸《だんがん》のようにまっすぐ飛んでいき、地面にはねかえったあと、砂《すな》ぼこりがまいたった。

空中高く上がったボールを、背中をそらせてぴたりととらえるその姿《すがた》は、まるで優勝《ゆうしょう》トロフィーの上に立つ黄金色の人形のようで、とにかく美しかった。

それまで見ていた母ちゃんたちの羽根つきみたいなテニスとは、なにもかも違《ちが》っていた。

俺はまばたきもせず、しびれたようにお兄さんをみつめた。

「本当だ。カッコいいね」

すっかり圧倒《あっとう》され、かすれた声で言うと、女の子は突然《とつぜん》、ぎゅうっと俺の左手をにぎってきた。

「ヒーローって、すごいんだよ！　困《こま》ったことがあったら、すぐに助けにきてくれるんだから」

女の子はそう言ったあと、ぽつんとつけたした。

「……わたしの家にも、きてくれないかな」

俺は、えっとおどろいて女の子を見た。

「どうして？　家に悪者がいるの？」

そう尋《たず》ねると、女の子はいったん首を横にふってから、しばらくして小さくうなずいた。

「……おとうさんとおかあさんのケンカ、とめてもらいたいの」

（……ケンカ、かあ）

ヒーローって、そんなこともしてくれるのかな。

俺《おれ》は疑問《ぎもん》に思ったけど、たしかにあのサーブの威力《いりょく》があれば、どんなことでも解決できそうな気もする。

女の子の真剣《しんけん》な表情に、俺はたじたじになりながら、それでもその子の手をにぎりかえした。その手は、じっとりと汗《あせ》ばんでいたっけ……。

電車にゆられながら、自分の左手をみつめる。

ずいぶん昔のことなのに、今でもあのときの感触《かんしょく》は覚えている。

おいしげった木のすきまからきこえるセミの声。

交差した飛行機雲がかかる空には、バラバラと音を立てるヘリコプターが飛んでいた。

女の子の顔も名前も覚えていないけど、ひまわりの髪かざりをつけていたことだけは覚えている。

はるか遠い夏の日の、鮮烈《せんれつ》な思い出。

あの日、俺は決めた。

テニスをやろうって。

そしていつかカッコいいヒーローになろうって。

虫はやっつけられないけど、うまい話もできないけど、テニスなら俺にもできるはず。

なんの根拠《こんきょ》もなく、そう思えたのだ。

あのときのなにかにつきうごかされるような気持ちは、いったいどこからわいてきたのだろう？

今の俺には、どこをさがしてもないのに。

（だいたい、ヒーローってなんだよ。そんなの、どうやったらなれんだよ）

ガタンガタン
ガタンガタン
電車が、鉄橋を渡《わた》る。

顔を上げると、赤と白のしましまのエレベーター工場の試験塔《しけんとう》が目の前にそびえ立っていた。

もうすぐ、駅に着く。

俺はかばんを肩《かた》にかけなおし、ポケットにスマホを押《お》しこんだ。

三

学校から帰ると、すぐに着がえて、母ちゃんが作ってくれたサンドイッチをほおばる。ドリンクが入った保冷バッグとラケットバッグを肩《かた》にかついで、マウンテンバイクにとびのった。

駅前通りから商店街の人波をすりぬけ、迷路みたいな住宅街《じゅうたくがい》をジグザグに曲がったあと、公園を左に曲がり、なだらかな坂道を立ちこぎでのぼって土手道に出る。

夕焼けを背《せ》に立つエレベーター工場の試験塔《しけんとう》を横目で見て、橋を渡《わた》り、スクールの駐輪場《ちゅうりんじょう》にマウンテンバイクをとめる。

小学校のころから、ほぼ毎日通っている道。目をつぶっていてもたどりつける。

「ちーっす」

入り口のガラス戸を押《お》して、フロントに座《すわ》る千恵先生《ちえせんせい》に挨拶《あいさつ》をする。カウンターの置時計の針《はり》は、六時四十分を指していた。

「あー、翔《しょう》ちゃん。ちょっと、ちょっと」

千恵先生が、細いチェーンのついたメガネをはずして、手招きした。そばによると、つんとキツイ化粧品《けしょうひん》のにおいがする。

「協会から、ちょっとおもしろい企画《きかく》が送られてきたんだけど、翔ちゃん、エントリーしてみない？」

そう言って、先生はひじきみたいにまっ黒なまつげでふちどられた目を、パチパチさせた。

千恵先生は、俺《おれ》のばあちゃんよりもたぶんもっとおばあさんだ。

だけど、めちゃめちゃ化粧《けしょう》が濃《こ》い。首と顔の色が全然違《ちが》うって、自分で気がついていないんだろうか。教えたくなるけど、それは言っちゃダメなんだろうなあって、子どものときからなんとなくわかっていた気がする。

「はあ」

千恵先生から手渡《てわた》されたプリントに目を落としてみる。

『エリートチャレンジ』、『選抜三名《せんばつ》』、『成績優秀者《せいせきゆうしゅうしゃ》』という単語が見えたけど、その他はなにが書いてあるのかよくわからない。

（あー、こういうの渡《わた》すと、また母ちゃんがエントリーしろってぎゃあぎゃあうるせえんだよな）

だからといって渡さないでいても、結局どこからか情報を仕入れてきてエントリーしろとせまるから、同じなんだけど。

仕方なく千恵《ちえ》先生からうけとったプリントを、ウインドブレーカーのポケットに押《お》しこむ。

小さいころから、俺《おれ》は、なにに対しても興味が持てない子どもだった。

幼稚園《ようちえん》で、みんなはブランコや木の遊具のとりあいをしてたけど、俺はどれも好きじゃなかった。

先生が気をつかって仲間に入れてくれようとしたけれど、べつに誰《だれ》かと一緒《いっしょ》に遊びたいわけでもなかった。

もちろん、友だちなんかできなかった。

母ちゃんは、必死で俺に友だちを作らせようとしていたけど、友だちなんてべつにほしいとも思わなかった。

どうして幼稚園や学校では、他人と協力しあえと教えるんだろう？

俺にはちっとも理解できなかった。


そんな俺が、初めて自分からやりたいと口に出したのが、テニスだった。

母ちゃんはそりゃあもう大喜びで、すぐにあちこちのテニススクールに見学にいった。

母ちゃんは本格的なテニススクールに入れたがっていたけど、俺は堂崎《どうざき》テニススクールでいいと言った。

ガキながらに、他とは違《ちが》うゆるい雰囲気《ふんいき》を感じとっていたんだと思う。

母ちゃんはちょっと不満げだったけど、ここで俺が気を変えたら大変だと思ったのか、それ以上は口出しをしてこなかった。

母ちゃんにしたら、これで俺にも社交性やら協調性やらがめばえるだろうと期待していたんだろう。


だけど、もちろんそうはいかなかった。

いろんなやつとダブルスを組んだけど、誰《だれ》と組んでも長続きしなかった。俺《おれ》がひとりでプレーしてしまうからだ。

「おい、翔太《しょうた》。ダブルスっていうのは、ペアと一緒《いっしょ》に戦うものだろうが。相手を信用して、ふたりで協力し合わなきゃだめだって何度言ったらわかるんだ」

コーチにはたびたびそう言われて怒《おこ》られたけど、どうして怒られなきゃいけないのか俺にはわからなかった。

だって、ペアの相手は俺よりも下手なんだから、全部自分でプレーしたほうが勝てるに決まってる。

そんな中、一学年上の誠《まこと》とは結構長く組めたんじゃないかと思う。

篤《あつし》が辞めてペアを解消した五年のころから、中二の冬ごろまでペアを組んでいた。

誠は、篤と同じで根性練習が好きなタイプのプレイヤーだ。反対に、俺は練習が好きじゃない。そんなことするくらいなら、海外の有名プレイヤーの動画でも見て、フォームの研究をするほうがよっぽどマシだ。

そんなでこぼこコンビの俺たちだったけど、一応ダブルスでは、そこそこいい成績を残していた。

だけどジュニアチャンピオン選手権前《せんしゅけんまえ》に、誠が練習量をもっと増やそうと提案してきた。

「中学生の間に、ブロック優勝《ゆうしょう》したいんだ」って言われたけど、そんな誠の事情なんて、俺には関係ない。

そりゃあ、俺だって負けるよりは勝ちたいと思っている。

だからって、朝から晩《ばん》までテニスづけなんて、まっぴらごめんだ。

俺は、即座《そくざ》に断った。

「わりい。俺、そういうの無理」

「なんでだよ。勝つために、ちょっとだけ努力しようぜ」

誠が俺の肩《かた》に手を置いたけど、すぐにその手をはらいのけた。

「やるなら、おまえひとりでやれば？　前に俺らが負けたのは、そっちのせいなんだし」

別に、イヤミでもなんでもなかった。

俺は、事実を言っただけだ。

実際、この前の試合で最後に負けたのは、せっかく俺のサービスエースでタイブレークに持ちこんだのに、最後の最後に誠《まこと》がビビってダブルフォルトなんかしたからだ。

するとと誠の顔色がさっと変わり、いきなり俺《おれ》に飛びかかってきた。

「ふざけんな！　おまえなんかより、俺のほうが百倍も千倍も練習してるんだからな！」って泣きわめきながら。

そんなこと、言われなくても知っている。

誠がスクールの中の誰《だれ》よりも努力してるって。

だけど、努力だけで勝てるわけない。

世の中、そんなに甘《あま》くないんだって。

コーチにとりおさえられた誠は、ラケットをたたきつけてコートから出ていき、それきり俺とは口をきかなくなった。

（……ま、しょうがねえよなあ）

テニス協会に選手登録すると、主要な大会でよい成績をおさめるごとに、ポイントが加算される。そのポイントが高い順にランキングがつく。

俺より上にいる顔ぶれを見ると、ほとんどが有名なテニススクールに在籍《ざいせき》し、いろんな試合に出て、少しでも上位へいけるように日々努力しているやつばかりだ。

といっても、はっきりいってどんぐりの背《せい》くらべだ。この程度じゃ、将来《しょうらい》プロにだってなれやしない。

それなのに、どうしてみんな、そこまで努力しようとするんだろう。

自分に、それだけの能力があるって自信があるんだろうか？

もちろんそんなこと、きけやしないけど。

「おーい、翔太《しょうた》。早く準備しろー。おまえがそんなんでどうする」

コートから、荒木《あらき》コーチが俺を呼《よ》ぶ。

俺はテニスシューズのひもをきつくしめ、のろのろとクラブハウスを出た。

このスクールは、昼間にはおばさんやお年寄り、夕方は小学生向けのレッスンがあり、夜には俺たちみたいな選手育成コースと仕事帰りの大人向けのレッスンがある。

平日はほぼ毎日レッスンがあって、週末も試合が多いから、同じ選手コースのやつらとは、ほとんど毎日顔を合わせている。

荒木《あらき》コーチは、前まで選手コースにいたけれど、大学入学を機にコーチになった。なのでつい、「涼太《りょうた》くん」なんて呼《よ》んでしまって、そのたび訂正《ていせい》される。

俺《おれ》たちの上にいるのは、もう高二の恭介《きょうすけ》くんと遼太郎《りょうたろう》くん、高一の誠《まこと》だけだ。だけどその三人も、高校の部活がいそがしくて、前ほどはスクールに顔を出さない。

気がついたら、毎日スクールにくるメンバーの中で、俺たちが一番年上になってしまった。

年齢《ねんれい》が上ってだけで、しっかりしろなんて言われても、そんなのできるわけない。

ぼんやりそんなことを考えてストレッチしていたら、いきなり背中《せなか》を誰《だれ》かにつきとばされた。

「いてっ」

よろけてふり返ったら、沙羅《さら》が腰《こし》に手をあてて立っていた。

「なんだよ」

思わず身がまえる。

沙羅は、するどい視線《しせん》で俺をにらみつけると、

「じゃま！」

ひとことそう言って、ラケットをふり回しながらコートを横切っていった。そのあとを、麻《ま》帆《ほ》が背中を丸めて追いかけていく。

「おおい、沙羅！　麻帆！　コートに入る前は、一礼しろって何度も言ってんだろうが！」

また、荒木コーチのどなり声が響《ひび》く。

（……なんたって、同じ中三メンバーがあれだもんなあ）


沙羅は、見た目からしてキツイ女だ。

他のスクールのやつらは沙羅のことを『めっちゃ美人じゃん』とかさわいでいるらしいけど、俺からしたらただの野性児だ。言いたい放題、やりたい放題で誰《だれ》にも手がつけられない。

もちろん、コーチたちの言うこともきかない。

麻帆のほうはというと、こちらも一筋縄《ひとすじなわ》ではいかない。

見た目は一応フツーに見えるけど、いつも背中を丸めておどおどしている。

練習中、コーチに注意されたら、素直に「はい」って返事をするけど、何度も同じことをくりかえす。たぶん、ちゃんと話をきいてないいんだろう。

おかげで麻帆《まほ》は、シングルスで試合に出たら毎回一回戦で一ゲームもとれずに敗退。沙羅《さら》とペアでダブルスに出れば、なんとか二回戦に勝ち進める程度の実力だ。

小学生のころは、メンバーが入れかわることはあっても、常に同学年に十人くらいいいた。

それが、四年生のころから、塾《じゅく》に通いだしたり、学校の部活に入ったり、篤《あつし》みたいに別のスクールに移籍《いせき》したりして、ひとり、またひとりと辞めていった。

（で、残ったのがこのメンバーなんだよなあ）

沙羅と麻帆は、地元の公立中学に通っている。

もしも俺《おれ》が聡明学院《そうめいがくいん》に合格していなければ、進学する予定だった学校だ。

母ちゃんにきいた話だと、麻帆は、学校に友だちが全然いないらしい。沙羅にいたっては、友だちどころか、学校にさえ、ちゃんといっていないらしい。

（だろうな）

だってスクールでさえも、あのふたりはういている。

同学年で一番やる気がなかった三人が、一番長く続けているっていうのも、妙《みょう》な話だ。

糸が切れたあやつり人形のように、ばたんと地面に大の字になった。

勝つことへの、執着《しゅうちゃく》がない。

真面目に努力をする気もない。

上をめざす気力もない。

なのに、どうして俺たちは、八年もテニスなんて続けてるんだろうなあ。

誠《まこと》は寝《ね》ころがっている俺からふいっと視線《しせん》をそらすと、さっさとコートへ向かった。もちろんコートへ入る前に、深々《ふかぶか》と頭を下げるのも忘《わす》れない。

誰《だれ》よりも一番にコートに入り、最後まで練習をしている誠。なのに、残念なことに適当にしかやっていない俺のほうがうまい。

(人生ってそういうもんだよなあ……)

一生懸命《いっしょうけんめい》やってもやらなくても、できるやつはできるし、できないやつはできない。

なのに、みんなどうして無駄《むだ》な努力をするんだろう。

俺にはぜんぜんわからない。

「おい、翔太《しょうた》！　いつまでストレッチやってんだ。さっさとウォーミングアップしろ！」

また荒木《あらき》コーチにどなられた。

「……めんどくせ」

俺《おれ》はしぶしぶ立ち上がり、ふわあっとひとつあくびをした。

四

ホームルームの間、熟睡《じゅくすい》していたらこつんと頭をこづかれた。

顔を上げると、担任《たんにん》がまゆをひそめて腕《うで》を組んでいた。

「おまえなあ、いくらホームルームだからってそんなに堂々《どうどう》と寝《ね》るなよ」

あたりを見ると、みんなもう帰る準備を終えて席を離《はな》れている。いつの間にか、ホームルームは終わったようだ。

「進路希望調査票、おまえだけ、まだ出てないぞ」

「あ、すみません」

俺はあわてて床《ゆか》に置いた自分のかばんからくしゃくしゃになったプリントをとりだした。

そばにあったシャーペンですばやく『スタンダードクラス』に丸をつける。

「あ、これッス」

先生にさしだしたら、またこつんと頭をこづかれた。

「保護者の確認印《かくにんいん》もらってこいって言っただろ。あと、こういう大事な書類は簡単《かんたん》に消えないボールペンで書くものだ」

そう言って、プリントをつきかえしてくる。

「週明けでいいから持ってこいよ」

先生はそういうと、教室を出ていった。

（やべ、完全寝てた）

俺は髪《かみ》をくしゃくしゃっとかきむしって、机《つくえ》の上にちらばったシャーペンや消しゴムをかきあつめた。

「辻崎《つじさき》くん！」

机の前から、にょきっと盛重《もりしげ》が顔を出した。

「わっ」

おどろいて、手に持っていたペンケースを床《ゆか》に落とす。

「なんだよ、びっくりさせんなよ」

ぶつぶつ言いながら床に落ちたペンケースを拾い上げる。

「ご、ごめんね」

盛重《もりしげ》も謝りながらころがっていった俺《おれ》のちびた消しゴムを拾う。

「で、なんか用？」

俺がきくと、盛重は天然パーマの髪《かみ》をふわふわさせてうなずいた。

「辻崎《つじさき》くんも、スタクラそのまま上がるんだね！」

盛重の手のひらから消しゴムをうばいとると、俺はうなずいた。

「そうだけど？」

すると盛重は女子みたいに胸《むね》に手をあててはあっと息を吐《は》いた。

「よかった〜。アスクラだったらどうしようって思ってたし」

「はっ？　なんでだよ」

俺は、盛重がどうしてそんなことを気にするのかきいたつもりだったけど、盛重は俺がどうしてアスクラにいくと思ったのかきいたと思ったようだ。

「だって、辻崎くん、この間、スタクラに丸つけようとしてやめたでしょ」

その言葉に、ドキッとして盛重の顔を見る。

「おまえ、なんでそんなの知ってんだよ」

「だってぼく、いつだって辻崎くんのこと見てるから」

「なんだそれ。ストーカーかよ」

俺はあきれて息をついた。

「辻崎くん、実はテニススクールに通ってるんだってね。だから放課後、あわてて帰ってたんだよね。しかも、けっこううまいんでしょ？」

これには俺もおどろいた。

なんでそんなこと、盛重が知ってるんだ。

「……はっ？　そんなこと、誰《だれ》にきいたんだよ」

俺の質問に、盛重は「ナイショ」と言って意味ありげにうふふと笑った。

（……こいつ、マジでストーカーだ）

「だからさあ、もしかしてアスクラにコース変更《へんこう》するのかなあって思って、心配してたんだ」

「しねーよ」

俺《おれ》はくしゃくしゃの進路希望調査票とペンケースをつかみ、かばんにほうりこんだ。

「ホント？　ホントに？　じゃあ、高校にいったら、放課後、一緒《いっしょ》に映画《えいが》を観にいったりしない？　それで、見終わったあと、カフェとかで感想言い合ったりしてさ」

盛重《もりしげ》が、はしゃいだ声を出す。

「いかねえよ。ってか、おまえ、さっき自分で言ってただろ？　俺は放課後、毎日スクールにいかなきゃなんねえんだよ」

すると、盛重はきょとんとして俺を見つめた。

「……えっ、高校にいってもテニスを続けるの？　なんで？　だって、アスクラにはいかないんでしょ？」

胸《むね》が、どきんとした。

一瞬《いっしゅん》、言葉につまる。

「べ、べつにいいだろっ」

俺は早口でそう言うと、盛重を残し、足早に教室を出た。

楽しそうにしゃべりながら更衣室《こういしつ》へ向かうやつらの流れに逆らって、昇降口《しょうこうぐち》へ向かう。

ロッカールームの前にきて、足をとめると、さっきまでのさわがしさがうそみたいにしんとしていた。自分のロッカーを開け、ローファーをとりだす。

堂崎《どうざき》を辞める、なんて、考えもしなかった。

だけど、このままでいるのなら、あと三年ちょっと今とまったく同じ毎日を送ることになる。

（三年かあ……）

いまさら、テニスを辞めてやりたいなにかがあるかといえば、そんなものはないし、将来《しょうらい》、どんな大人になりたいかと言われてもよくわからない。

映画を観るのはまあまあ好きだけど、だからといって自分で映画を作りたいとか、映画に関わる仕事をしたいとまでは思わない。

いつか大人になったら、父ちゃんの仕事を継《つ》ぐんだろうなってこと以外、自分の未来なんて、なんにも思いうかばない。

（……テニスを、辞める、か）

勢いよくロッカーの扉《とびら》を閉《し》めたら、思いのほか、大きな音が響《ひび》いた。

翌週《よくしゅう》の土曜日は、トップジュニア選手権《せんしゅけん》地区予選初日だった。

朝のニュースでは、梅雨が明けたとアナウンサーが言っていた。

会場である総合運動公園につくと、俺《おれ》はすぐにシングルスのトーナメント表に目を走らせた。

俺は、第一シードだった。開会式には出たものの、今日は試合には出場しなくていい。男子シングルスの試合を見学しつつ、午前中におこなわれる女子ダブルスの予選に出る沙羅《さら》と麻帆《まほ》を応援《おうえん》するためにきたのだ。

試合会場へ移動し、ひとりで試合を観戦する。

沙羅と麻帆のペアは、思った通り一回戦で負けてしまった。ふたりの試合は、いつもタイブレークまでもつれこむ。だけど、最後の最後であっけない負け方をしてしまう。

原因は、いつも麻帆だ。

ダブルフォルトが続いたり、コートの外に出た球をわざわざ打ち返してアウトにしたりと、それまでのシーソーゲームを台無しにするようなイージーミスで試合を終わらせてしまう。

当然試合後はコーチにめちゃめちゃ怒《おこ》られているけど、ふたりは全然くやしそうになんてしていない。

沙羅なんて、超《ちょう》負けずぎらいでいつでもなにかに怒ってるみたいな性格なのに、そういえば、試合で負けても麻帆に怒っているところを見たことがない。といっても、よくある女子のなかよしコンビというのとも、また違《ちが》う。つくづく不思議なふたりだ。

ふたりは試合終了後《しゅうりょうご》、淡々《たんたん》と着替《きが》えをすませ、弁当を食べたあと、まだ試合が終わっていないペアがいるというのに、もう帰ると言いだした。

コーチたちも、あのふたりのことはあきらめているようで、なんにも言わない。

(俺も帰ろうかなあ)

時間は午後一時。俺と対戦することになるかもしれない選手の試合は、このすぐあとのようだ。

対戦する相手のプレーを見ておいたら、試合のときに役に立つってコーチたちは言うけれど、試合は毎回違《ちが》うものだ。そのときのコンディションで、プレーも変わるんだから、スカウティングなんてしたって、意味ないのに。

日差しがキツイ。梅雨が明けたとたん、あっという間に夏になった気がする。やっぱり今日のところは帰ることにしよう。

そう思って移動しようとして、足をとめた。

「……あっ」

前から歩いてきたのは、篤《あつし》だった。

ラケットバッグをかついで、胸《むね》にゼッケンをつけている。

(げーっ、なんで篤がここにいんだよ)

そういえば、この試合はランキングのポイントが加算される公認試合《こうにんじあい》なんだっけ。

俺《おれ》は帽子《ぼうし》を深くかぶり直し、知らん顔で通りすぎようとしたけれど、すぐに呼《よ》び止められた。

「よう、おまえもこの試合、出るんだよな」

足をとめてふりかえる。

「俺はこの試合、個人でエントリーしたんだ。おたがい勝ち進んだら、準決勝で当たるはずだ。絶対負けんなよ」

俺は帽子のつばの下から篤をじっと見たけど、だまって背中《せなか》を向けた。

「逃《に》げんなよ！」

その言葉に、足をとめる。

「別に、逃げてねえだろ。今日は試合がないから、家に帰るだけだし」

「そういう意味じゃねえよ。勝負から、逃げんなって話。負けそうだって思ったら、おまえ、途中《とちゅう》で手ぇぬくだろ。そういうの、マジでやめろよな」

篤が、吐《は》き捨《す》てるように言う。

俺は、うんざりして息をついた。

「またその話かよ」

篤はいらだったような声で続けた。

「おまえを見てたら、イラつくんだよ！　どうせ一生懸命《いっしょうけんめい》やったってムダだとか思ってんだろうが。やる気のねえやつが、テニスなんてしててんじゃねえよっ」

篤《あつし》の声に、そばを歩いていた人たちが振《ふ》りかえる。

「うるせえなあ。俺《おれ》がどうしようがおまえに関係ねえだろ」

ぼそぼそと言い返したけど、篤はより一層《いっそう》声を荒《あら》らげた。

「たしかにおまえの言うとおりだよ。死ぬ気で努力したって、トップ選手になれるのはほんのひとにぎりだ。九十九・九九%《パーセント》無理かもしんねえ。けどなあ、○・○○○○○○○○○一%でも勝てる望みがあるのなら、俺《おれ》はやる」

「じゃあ、篤《あつし》はやればいいじゃん。でも、俺は……」

そう言って口をはさもうとしたけれど、篤はたたみかけるように続けた。

「誰《だれ》だってダメかもしんねえって恐怖《きょうふ》と戦って努力してんだよ！　負けるのがこわくて、勝負から逃《に》げ回ってるおまえに、俺らの気持ちなんてわかんねえだろうけどなっ！」

篤の声が、あたりに響《ひび》き渡《わた》る。

俺は、まじまじと篤の顔を見た。

……そっか。篤たちも、こわいと思ってたのか。

それなら、俺と同じじゃん。

あの飛行機雲が交差した夏の日、俺は思ったんだ。

なんのとりえもない俺だけど、テニスでなら誰かとつながれるかもしれないって。

心細げに膝《ひざ》を抱《かか》えていたあの子を、こんな俺でも救ってあげられるかもしれないって。

だから全力で戦って、負けるのがこわかった。

一生懸命がんばって、だけど努力がむくわれなかったそのとき、ヒーローになれない自分を知るのがこわかった。

テニスがなくなれば、今度こそもう俺は誰かとつながる手段《しゅだん》をなくしてしまう。

そう思ったから。

だけど、この間盛重《もりしげ》に言われて気がついたんだ。

俺はテニスを辞めるつもりがないってことに。

「なっ、なんだよ。なんとか言えよ」

篤《あつし》が、ひるんだように俺《おれ》に言う。

「おまえ、カッコイイな。正義のヒーローみたい」

「……は？」

篤はきょとんとしてから、みるみる顔をまっ赤にして怒《おこ》りだした。

「なんの話してんだよ！　おまえ、俺《おれ》のこと、バカにしてんのか！」

俺は、その顔を見てふっと笑った。

勝負に勝つだけじゃあ、ヒーローになんてなれっこない。

そんなこと、わかっていた。

誰《だれ》かとつながりたいのなら、自分から動きださなきゃダメなんだ。

「あのさ」

俺は顔を上げて篤の顔を見た。

「九十九・九九％と〇・〇〇〇〇〇〇〇〇一％じゃ、数字、合わなくね？」

「うるせえ！　くだらねえあげ足とんなっ！」

俺はポケットに入れたトーナメント表をもう一度見た。

篤と戦うには、ブロックを勝ち進まなきゃいけない。

篤はきっと勝つだろう。俺さえ負けなければ、別の日にある準決勝で対戦できる。

（……篤と、打ち合いたいな）

スクールにいたときよりも、ずっと強くなっているはずだ。今の俺なんて、きっとこてんぱんにやられてしまうだろう。

それでもいい。

篤と勝負がしたい。

今まで感じたことがないような感情が、俺の体を支配する。

ちらりと腕時計《うでどけい》を見る。

「わりい、俺、急ぐから」

俺はそう言って、篤に背《せ》を向け試合会場へと歩き出した。

「急ぐってなんだよ！　おまえ、今から帰るだけだろうが。俺は今から試合なんだからなっ！」

うしろから篤の声が追いかけてくる。

「そんなこと、わかってるよ。今からスカウティングするんじゃねえか。ばーか」

小さくつぶやいて、俺《おれ》は帽子《ぼうし》をかぶりなおした。

容赦《ようしゃ》なく照りつける日差しに目を細める。

汗《あせ》がひとすじ、俺のこめかみを流れていった。

見上げると、まっ青な空に飛行機雲がまっすぐのびていた。

あの日、今にも泣きそうだったあの子を笑顔にしてあげたかった。ひまわりの髪《かみ》かざりをつけた女の子を。

だからテニスをはじめたって言ったら、笑われるだろうか。

俺は、手の中にある見えないボールをトスアップした。

そしてばねのように背中《せなか》をしならせ、思い切り右手をふりぬいた。反動で、ぱさりと帽子が落ちる。

どこかで、セミの鳴き声がした。

中学最後の夏がはじまる。

# 秋・のぞみ　ピースメイカー

# 一

小さいころから、わたしはほめられるのが大好きな子どもだった。

だからいつだって、ほめられるようなことをすすんでやった。

例えば、食べ終わった食器をキッチンに運んだり、玄関《げんかん》の靴《くつ》をそろえたり。

するとお母さんは、おおげさなくらいほめてくれた。

「のんちゃんは、えらいわねえ」って。

わたしはお母さんにほめられたのがうれしくて、もっとほめられるようなことをした。

幼稚園《ようちえん》でお友だちの荷物を持ってあげたり、ひとりぼっちの子に声をかけてあげたり。

そうしたら、先生たちもほめてくれた。

『いつもみんなにやさしく、誰《だれ》とでもなかよくできています。のぞみちゃんはみんなのお手本です』

そう書かれた連絡《れんらく》ノートを見たお母さんは、ますますわたしをほめてくれた。

「のんちゃんは、すごいわねえ」って。

わたしは、そのときに思った。

みんなにやさしくすれば、わたしがいい子でいれば、みんなは笑顔になるんだなって。

小学校に入学してからも、わたしはもっともっとほめてもらえるように、『ほめられることさがし』をせっせとおこなうようになった。

例えば遠足の班《はん》わけのとき、ひとりで心細そうにしている子がいたら、すぐに声をかけてあげるようにしたし、消しゴムを忘《わす》れて困《こま》っている子がいたら、自分の新しい消しゴムを半分にちぎってわけてあげた。そうしたら、いつの間にかわたしはクラスの人気者になっていた。

「のぞみちゃん、一緒《いっしょ》にドッジボールしよう！」

「今日の放課後、うちに遊びにこない？」

休み時間や放課後になると、どの子もわたしと遊びたがる。

わたしがクラスのほとんどの子たちのお誕生日会《たんじょうびかい》に呼《よ》ばれるものだから、お母さんは悲鳴を上げていた。

「のんちゃん、またお呼《よ》ばれしたの？　プレゼント代が大変だわあ」

なんて言いながら、とてもほこらしげに。

友だちもたくさんいて、大好きなお母さんは、わたしをいい子だとほめてくれる。先生たちも、わたしを信頼《しんらい》してくれていた。

学校は楽しく、一点の曇《くも》りもない日々。

毎晩《まいばん》、眠《ねむ》りにつくときは、明日がくるのが待ち遠しい。

……そんな毎日になるはずだったのに。


見上げると、こんもりとした木々におおわれた神社の向こう側に、赤と白にぬりわけられたエレベーター工場の試験塔《しけんとう》が、ぴんと背筋《せすじ》をのばして立っている。

まるで、わたしを見下ろすように。

「どこでまちがっちゃったのかなあ……」

わたしのちいさなつぶやきは、秋風にさらわれて、どこか遠くへ飛んでいった。

# 二

ホームルームが終わり、わたしはりすとどんぐりがプリントされた手帳を広げた。

誰《だれ》にも見せない、ひみつの手帳だ。

(……今日は、六十点かな)

九月十二日の欄《らん》に、カラーペンで六十と書きつけて丸をつける。

この数字は、今日のクラスの平和度を数値《すうち》化《か》したもの。

クラスのみんながわきあいあいと仲よくしていて、なにごとも起こらなければ百点満点。

もめごとが起きて仲裁《ちゅうさい》が大変だったときは四十点など。

今日はもめたわけじゃないけど、来月おこなわれる合唱コンクールの練習がうまくいかず、男子と女子が対立したから六十点ってわけだ。

だけどこのクラスになってからというもの、八十点以上を更新《こうしん》したことがない。

（まあ、このメンバーじゃあしかたないよね……）

クラス替《が》えの日の朝、掲示板《けいじばん》にはりだされた三年二組のメンバーを見たときから、いやな予感はしていた。

なんたって、大泉優香《おおいずみゆうか》とそのとりまきの子たちと同じだったから。

しかも、担任《たんにん》はまだ若《わか》い大隈《おおくま》先生だ。

（あ〜あ、だれがこのメンバーにしたんだろ。最終学年なのに、絶対このクラス、大変だよ）

大泉優香は、わたしと同じソフトテニス部だ。

ソフトテニス部の女子は、とにかくめんどうくさい子が多い。

いつも誰《だれ》かと一緒《いっしょ》じゃなきゃいやで、リアルでも十分べたべたしてくるのに、ネット上でもしつこくからんでくる。

おしゃれや芸能人の話が大好きで、それ以上に人の悪口や恋《こい》バナが大好き。ネット上に、やたらと加工をほどこした自分がかわいく見える画像をアップしたがるのも特徴《とくちょう》だ。

その中でも優香は、つねに自分がグループの中心じゃなきゃいやなタイプ。

人気《にんき》がある子や、かわいい子を目の敵にし、自分よりも格下の子は、徹底的《てっていてき》に攻撃《こうげき》するような一番厄介《やっかい》な子だ。なのに、いつもまわりにはたくさんの取り巻《ま》きがいる。

どうしてこんなに性格が悪いのに、みんなは優香《ゆうか》にすりよるんだろうって最初は不思議だったけど、すぐにわかった。

みんな、自分が優香のターゲットにされたくないからだ。

（まあ、その気持ちはわかるけどね……）

一度ターゲットにされたら、『ハブられた子』という烙印《らくいん》を押《お》されてしまう。

わたしたち女子中学生が楽しいスクールライフを送るにあたって、一番避《さ》けたい事態だ。

かくいうわたしも、優香のターゲットにされないように細心の注意をはらっている。ハブられるのがいや、というのはもちろんだけど、そんなことをされたら『陰《かげ》の任務』ができなくなってしまうから。

まわりの子たちは全然気がついていないけれど、わたしはいつだってみんなが楽しい中学生活を送れるように、自主的にパトロールをしている。

みんなでおしゃべりをしているとき、その場にいない子の悪口を誰《だれ》かが言いだしたら、さりげなく違《ちが》う話題をふったり、ネット上にもめごとになりそうなことを書きこんだ子がいたら、すぐにおもしろ動画を連続でぶちこんでみんなの気をそらしたり。

理由は簡単《かんたん》。もめごとがきらいだからだ。

波風を立てず、みんながおたがいを思いやって、心おだやかにすごすことができる毎日。それが、わたしの理想。

そのためなら、多少の労力はいとわない。

だけど、どこにでも絶対にトラブルメイカーがいる。

うちのクラスで言うと、もちろん優香。

そして意外なところで、長谷川麻帆《はせがわまほ》さん。

長谷川さんは、とてもおとなしい人だ。

おとなしすぎて、存在感《そんざいかん》がまるでない。

さすがのわたしも、同じクラスになるまではその存在すら知らなかった。

たまに「おはよう」って声をかけるととてもうれしそうにしていたし、教室でもいつもひとりでちんまり座《すわ》っていたので、最初のころはコミュニケーションが苦手なだけの害がない人だと思っていた。

だけど、ゴールデンウィークをすぎたころだろうか。長谷川《はせがわ》さんはほかならぬ、優香《ゆうか》とトラブルを起こしてしまった。

きっかけは、ものすごくくだらないこと。

お昼休み、長谷川さんがトイレでお弁当を食べているところを、偶然《ぐうぜん》優香たちがみつけて、からかったらしい。

そこに運悪く、五組の中澤沙羅《なかざわさら》さんも一緒《いっしょ》だったことから、大げんかに発展《はってん》しそうになったのだ。

たまたま問題のトイレに入ろうとした二組の子が、それを見つけて、血相を変えてわたしのところへ走ってきた。

「のぞみん、なんか、優香が中澤さんとバトってる！」

わたしはその声をききつけ、大急ぎで事態収拾《しゅうしゅう》に向かった。

「先生が呼《よ》んでるよ」って苦しまぎれのうそをついて、トイレから優香を呼び出し、事なきを得たってわけだ。

長谷川さんは、テニススクールに通っていて、中澤さんとペアを組んでいるらしい。

あんなにおとなしそうなのに、あの中澤さんと付き合えるなんて、じつは要注意人物なのかもしれない。

（でもまあ、あれっきり優香とトラブルを起こしてないから、思いすごしだったのかな）

わたしはまた手帳に目を落とした。

それよりも目下のミッションは、合唱コンクールをいかに平和にやりとげるかということ。

ここは、三年間学級委員をやり続けているわたしの腕《うで》の見せどころだ。

大隈《おおくま》先生はたよりないし、クラスのメンバーは自分勝手な子か協調性のない子ばっかり。

だけど、やるしかない。

わたしは手帳を閉《と》じて、教室から出ていこうとする長谷川さんの姿《すがた》を目で追った。手にはお弁当袋《べんとうぶくろ》を持っている。

二学期になっても、またしょうこりもなく、どこかのトイレでお弁当を食べるつもりなんだろう。

(長谷川《はせがわ》さんも、もうちょっと自分からみんなに歩みよるとかすればいいのになあ)

そこまで考えて、ふと思う。

(……いったいどうやって、中澤《なかざわ》さんとはなかよくなったんだろ)

三

中澤さんのことは、入学したときから知っていた。

ものすごく目立っていたからだ。

同じクラスではなかったけど、その肌《はだ》の白さや顔立ちの美しさに、思わず息をのんだ。

小さな顔に、意志の強そうな大きな瞳《ひとみ》。ぬれたような桃色《ももいろ》のくちびる。

すらりとのびた脚《あし》は細長く、ついこの間まで小学生だったとは思えないほど、完成されていた。みんなと同じ制服を着ているというのに、中澤さんだけは特別な服を着ているように見えてしまう。なにもかもがみんなとは違《ちが》った。

そう感じたのはわたしだけではなかったようで、他の子たちはもちろん、教職員や保護者の大人たちまでもが、中澤さんの美しさに目をうばわれていた。

だけど、それからしばらくして中澤さんはぷっつり姿《すがた》を消してしまった。

（あの子、どうしたのかな）

そう思って他のクラスの子にきいてみたら、「フトーコーらしいよ」って教えてくれた。

同じ小学校に通っていた子の話では、昔から、あまり学校にこない子だったらしい。

「あの子さ、顔はきれいだけど、性格最悪だし」

「学校にはこないくせに、外で習ってるテニスには毎日通ってるんだって。意味不明」

みんなは中澤さんの悪口を大喜びで言い合っていた。

（……まあ、そうだろうなあ）

あんなにきれいな顔の子が性格までよかったら、誰《だれ》も太刀打《たちう》ちできない。性格が最悪ときいて、みんな、ホッとしたいんだろう。

それからというもの、中澤さんは、学校で見かけるたび、ピアスを開けてたり、制服を着くずしたりとだんだんバージョンアップしていった。

そのせいで、たまに学校にきたとしても通常の教室には入れてもらえず、ずっと『若葉《わかば》ルーム』で授業を受けていたようだ。だけど、進化するたびに中澤《なかざわ》さんはより美しくなっていった。

それからの中澤さんは、その姿《すがた》を見かけるとみんなが報告し合うくらい、希少動物なみのレアな存在《そんざい》になっていった。

それが今年の梅雨ごろ、ひさびさに現れたかと思ったらどぎもをぬかれた。

なんと、金髪《きんぱつ》のショートカットになっていたのだ。

校門をくぐったとたん、すぐに先生たちにどこかにつれていかれちゃったけれど、学校中大騒《さわ》ぎになった。

「なにあいつ。受験生のくせしてなに考えてんの」

「目立ちたがりってダサいよね」

優香《ゆうか》たちはそろって悪口を言い立てた。

でも本当のところ、優香たちは中澤さんの圧倒的《あっとうてき》な美しさを認《みと》めたくなくて、そう言ったんじゃないかとわたしは思っている。

一瞬《いっしゅん》しか見ることができなかったけど、金髪姿の中澤さんは、この世のものとは思えないくらいきれいだった。芸能人でも、あんなに金髪が似合う人はきっといない。

長い髪《かみ》も似合っていたけど、金髪の、それもショートカットにしたことで、中澤さんの端正《たんせい》な横顔がはっきりと映《は》え、息をするのも忘《わす》れそうなくらい見とれてしまった。

たしかに、中学生がするヘアスタイルじゃない。だけど、中澤さんには本当によく似合っていた。

きっと誰《だれ》もがそう思ったはずなのに、誰もそのことを口にする子はいなかった。もちろん、わたしも。

そしてそのすぐあと、中澤さんはさらに大きな騒《さわ》ぎを起こすことになる。

夏休み、金髪《きんぱつ》ショートカットになった中澤さんの画像が、『千年に一度のアンドロイド級美少女発見！』というコメントと共に、ネット上で話題になったのだ。

その画像は、中澤さんがカットモデルをつとめた美容室がＨＰ《ホームページ》に載《の》せたものらしい。画像をアップしたあと、じょじょに評判になり、最後はＳＮＳで爆発的《ばくはつてき》に拡散《かくさん》されたそうだ。

中澤《なかざわ》さんの存在《そんざい》は、ネットのニュースにもとりあげられ、なんの変哲《へんてつ》もないこの街が、一時《いっとき》クローズアップされた。

うわさでは大手の芸能プロダクションやモデル事務所のスカウトが何人も中澤さんの家をおとずれたらしい。

しばらくの間はあちこちで話題になったけれど、夏休みがすぎた今、騒ぎはおさまりつつある。

（その中澤さんと、あの長谷川《はせがわ》さんが友だちだなんて、結びつかないんだよなあ……）

わたしは手帳にＮとＨと書きつけて、ぐるぐると丸で囲んだ。

正門前の横断幕《おうだんまく》に、中澤さんの名前と共に長谷川さんの名前が書かれていたのは知っていた。だけどそれが、あの長谷川さんとは思わなかった。

いつも自信なさげな長谷川さんが、硬式《こうしき》テニスで結構優秀《ゆうしゅう》な成績をおさめていることも意外だったけど、それよりも意外だったのは、中澤さんとペアを組んでいるということ。いかにも協調性がなさそうで、なおかつスポーツとは無縁《むえん》そうなふたりなのに。

(世の中には、まだまだわたしの予想をはるかに超《こ》えることが多いんだなあ……)

ぼんやりとそんなことを考えていたら、

「のぞみん」

ふいにうしろから声をかけられた。

ふりかえると、バドミントン部の慧《けい》ちゃんと風香《ふうか》ちゃんがにこっとほほえんでいた。

「今日、もう誰《だれ》かとお昼ごはん食べる約束してる?」

このふたりは、このクラスの中でもっとも平和なふたり組だ。お弁当のとき、いつも遠慮《えんりょ》がちにわたしを誘《さそ》ってくれる。

わたしは昔から、特定のグループには入らないようにしている。

なぜなら、固定されたグループに在籍《ざいせき》していると、必ずといっていいほど、もめ事に巻《ま》きこまれるからだ。

だけど、わたしが『いい人』でいるかぎり、休日にどこかへ遊びにいく計画が持ち上がると、必ず声をかけてもらえるし、お弁当の時間、一緒《いっしょ》に食べようと言ってくれる子がとぎれることもない。

むしろ、グループに入っていないほうが好都合なのだ。


「ううん、今日はまだしてないよ～」

わたしが答えると、ふたりはうれしそうに顔を見合わせた。

「よかったら、一緒にお昼食べない？」

(あ～あ、このクラスの女子たちが、みんなこのふたりみたいに平和な子たちばかりだったらよかったのになあ)

わたしはさりげなく手帳をポケットに入れ、

「わあ、ありがとう。もちろんだよ～」

彼女《かのじょ》たちに向かって、にっこりとほほえんだ。

# 四

（さて、合唱コンクール、どうすすめようかなあ）

晩《ばん》ごはんのあと、自分の部屋のベッドに寝《ね》ころがって、わたしは手帳を広げた。

合唱コンクールは来月。

指揮者《しきしゃ》と伴奏者《ばんそうしゃ》はすぐに決まったからよかったけど、練習では毎回音楽の先生に、注意ばかりされている。

クラスが全然まとまっていないからだ。

このままでは、入賞どころか学年最下位になるかもしれないとおどされている。

コンクールでの採点は、各パートのハーモニーはもちろん当日の服装《ふくそう》や入退場の態度、歌っているときの姿勢《しせい》なんかも審査対象《しんさたいしょう》になる。

中学生活最後の合唱コンクール。優勝《ゆうしょう》はムリでも、せめて入賞くらいはしておきたい。

そのためにはみんなが一致団結《いっちだんけつ》してくれないと、先生が言うように本当に最下位になってしまうかもしれない。

(だいたい、うちのクラスの男子たちは声が小さすぎるんだよなあ)

クラスの中でも、目立つタイプの男子たちの顔を思いうかべてみる。

戸田《とだ》くんや小泉《こいずみ》くんがもっと盛《も》り上げてくれたらいいんだけど、体育会系《たいいくかいけい》のふたりは、どちらも合唱コンクールには興味がないみたいだ。

(でもなあ)

手帳をながめて息をつく。

文化祭や体育祭と並《なら》んで、合唱コンクールはクラスの絆《きずな》が深まる行事だ。一生懸命《いっしょうけんめい》とりくめば、きっといい結果が出るだろうし、クラスの平和度もアップするだろう。

ふたりに協力をお願いしてみようかなとも思ったけど、どっちも優香《ゆうか》のお気に入りの男子だから、下手に声をかけて優香に不機嫌《ふきげん》になられたらめんどうなことになる。

どうすればいいかひとりであれこれ考えていたら、コンコンとドアをノックする音がした。

あわてて手帳を閉《と》じようとする前に、ドアが開きお母さんが顔を出す。

「のぞみちゃん、ちょっといい？」

（……返事する前に、ドア開けないでよ）

心の中で舌打ちしつつ、なんでもない顔で起きあがった。

「なに？」

イスに座《すわ》りなおして尋《たず》ねると、お母さんは茶色い巻《ま》き髪《がみ》を肩《かた》のあたりでゆらして、わたしに一歩近よった。

「進路のことなんだけど」

その言葉に、おなかの底に、大きな石がゆっくりと沈《しず》むような痛《いた》みが走る。

「え？　もう書いといたんだけど、なんかまちがってた？」

つとめて明るくききかえしてみたけど、ムダだった。

お母さんは、かたい表情をくずさず、二枚《まい》のプリントをとりだした。

『第二回進路保護者会』

『第三回進路希望調査票』

さっき、お弁当袋《べんとうぶくろ》と一緒《いっしょ》にキッチンカウンターに乗せておいたプリントだ。

「調査票には、『保護者の方と相談してから記入するように』って書いてあるでしょ。なのに、どうして先に書いちゃったの？」

わたしはだまってくちびるをかんだ。

（……だって、わたしの進路じゃん）

わたしの志望校は、中学一年生のころから決まっている。

学区の中で、一番偏差値《へんさち》の高い公立の波多野《はたの》高校だ。

波多野高校は、わたしの家からはかなり遠いけど、このあたりでは有数の進学校で、毎年多くの卒業生が有名大学に進学している。そのために、一年生のころからずっと、勉強も委員会活動も部活も一生懸命《いっしょうけんめい》とりくんできた。

担任《たんにん》の先生にも、塾《じゅく》の先生にも、本番の試験でいつもどおりの力を出すことができれば、高い確率で合格できるだろうと言われている。

なのに夏休みの間、わたしはお母さんにつれられ、いろんな高校のオープンキャンパスに参加させられた。なぜならお母さんは、わたしに波多野高校へいってほしくないからだ。

お母さんは、わたしに家から近い地元の公立高校にいってほしいと思っている。

このあたりに住むほとんどの子がその高校に進学するから、というのがその理由だ。

「のぞみちゃんの成績がとてもいいのはわかるよ。でもね、何度も言うように、無理して上の高校にいっても、ついていくのに必死で楽しい高校生活が送れないんじゃないかな。それに、波多野高校は家からものすごく遠いでしょ？　三年間毎日通うことを思ったら、やっぱり近い学校のほうがいいと思うの」

今までに何度もきいたセリフ。

わたしは奥歯《おくば》をかみしめてから、一度小さく息を吐《は》いた。

「ありがとう。大丈夫《だいじょうぶ》だよ、わたし、勉強しっかりがんばるし、遠くてもちゃんとひとりで起きられるし。お弁当も自分で作るから、お母さんに迷惑《めいわく》は……」

そこまで言いかけたところで、お母さんのするどい声が飛んできた。

「誰《だれ》も迷惑だなんて言ってないでしょ！」

その声に、口をつぐむ。

「わざわざ波多野にいかなくても、他にも高校はあるじゃないって言ってるの！　学費のことを気にしているなら、べつに公立にこだわらなくてもいいのよ？　なにもそんなに偏差値の高い、それも遠すぎる高校にいかなくても、近所の高校でいいじゃない。うちの近くには、私立《しりつ》もあるんだし。そこでいい成績をとっていれば、よっぽどの難関校《なんかんこう》でないかぎり、指定校推薦《すいせん》である程度の大学にいけるわよ」

（……ある程度って、なに？）

そんな大学にいって、わたしにどうなれって言いたいの？

きかなくたって、どうせ答えはわかっている。

お母さんの願いはひとつ。

わたしに、ずっとそばにいてほしい。

大学も家から通えるところに進学してほしいし、就職《しゅうしょく》で家から出ていかれても困《こま》る。

手近なところに就職して、そこでいい結婚《けっこん》相手を見つけて、家の近くに住んでほしい。そしてまわりからは姉妹みたいともてはやされる友だち親子になるのがお母さんの夢。

小さいころから、くりかえしそう言われてきた。

だから、お母さんはわたしが優秀《ゆうしゅう》だと困るのだ。

だまりこむわたしの顔をのぞきこんで、お母さんがねこなで声で続けた。

「お母さん、のぞみちゃんのためを思って言ってるんだよ？」

（……よく言うよ）

わたしは心の中でつばをはいた。

わたしのためなんかじゃない。

お母さんのために言ってるんじゃないか。

「……まあ、まだ最終決定までには時間があるし、まわりの先輩《せんぱい》お母さんたちにも話をきかなきゃね。わからないことばかりだし」

わたしが返事をしないからか、お母さんは言い訳《わけ》するように早口でつけたした。

「ともかく、今回は波多野《はたの》高校のまま提出してもいいけど、最終的にはちゃんとお母さんと相談して書くようにしてね」

お母さんは甘《あま》ったるい声でそういうと、わたしにほほえみかけた。

（なにそれ）

お母さんは、まるでわたしのわがままをきいてあげるんだと言わんばかりに話をまとめようとしているけど、高校へいくのはわたしだ。

どうしてお母さんに許可をとらなきゃいけないの？

そもそもわたしは、お母さんの子どもである前に、ひとりの人間だ。お母さんの所有物じゃない。

いくら親だからって、なんでもかんでも自分の思い通りにしようとしないでよ。

思いのたけを全部ぶちまけてやろうと顔を上げたけど、首をかしげるお母さんの顔を見るとその気も失せた。

そんなことをしたら、わたしのまっとうな意見を、『反抗期《はんこうき》』とか『ムズカシイお年ごろ』なんて簡単《かんたん》な言葉にすりかえられてしまうにきまってる。

「……わかった」

ぼそりとそう答えて視線《しせん》を外すと、お母さんはほっと小さく息をついてから、しずかに部屋を出ていった。

イスから立ちあがり、ベッドにたおれこむ。

お母さんは今ごろ、大あわてで近所に住むおばあちゃんのところに電話をしているに違《ちが》いない。

「ママ、どうしよう。のぞみちゃん、まだ波多野《はたの》高校にいく気でいるみたいなのよ」って。

わたしの母親は、自分が知っている範囲でしか、ものごとを考えられない幼稚《ようち》な人だ。

みんなと一緒《いっしょ》じゃないと気がすまなくて、趣味《しゅみ》は買い物と旅行。

わたしをつれて買い物に出かけ、プリクラを撮《と》ってなかよし親子をＳＮＳでアピールしたがる。

ネットで調べることと言ったら、新しいコスメとスイーツの話題だけ。なのに、自分のことを知的だと思っている。

ママ友と学生時代の仲間を『友だち』なんて言ってるけど、口を開けばいつもその人たちの批判《ひはん》と悪口ばかり。

自分の考えが、この世で一番正しいと思っている。

前に一度だけ、お母さんのスマホをこっそり見たことがある。

新作のコスメやママ友と食べたランチ、おとりよせした服や靴《くつ》をＳＮＳにアップしていた。

その中に、見覚えのある花かごが写っているのを見つけた。

そこには、『今日は十六回目の結婚記念日《けっこんきねんび》。あんまり趣味《しゅみ》じゃないんだけど。……なんて言ったら怒《おこ》られるかな（笑）』というコメントがつけられていた。

『だんなさん、やさしい〜。それにすてきなお花♪』

『真由美《まゆみ》ちゃん、そんなこと言ったらバチが当たるよ！（笑）』

お母さんの『友だち』のコメントが続いている。

（……なにこれ）

わたしはそのやりとりを見て、ぞっとした。

まるで、お父さんから贈《おく》られたように書いているけれど、この花かごはお母さんがデパートで買ってきたものじゃないか。

つまりお母さんは、うその記事をＳＮＳにアップしているってことだ。

（……ばっかみたい）

いつまでも若々《わかわか》しく、夫婦仲は良好で、娘《むすめ》とも友だちみたいになかよし。時間的にも経済《けいざい》的にも余裕《よゆう》があって、幸せにみちあふれている。

お母さんは、まわりの人にそう思われたいんだろう。

実際は、ぜんぜんそうじゃないのに。

寝《ね》ころんだまま、つくえの上から『進路希望調査票』をとりあげる。

わたしの名前の下にある保護者欄《ほごしゃらん》には、お母さんの字で『田原亮介《りょうすけ》』と記されて、印鑑《いんかん》が押《お》してあった。

お父さんとは、中学生になってから、数えるほどしか会っていない。

設計士をしているお父さんは、わたしが幼《おさな》いころから、日本全国にある大きな橋や高速道路の建設現場を飛び回っていて、家にいることがあまりない人だった。

だから家にいないことをあたりまえに思っていたけど、それだけが理由じゃないことには、もうずいぶん前から気がついていた。

たまにしか家にいないのに、お父さんとお母さんはいつだってケンカばかりしていた。

その理由は、たいていがわたしのことだった。

「仕事、仕事って、いいかげんにしてよ。この子の世話が、どれだけ大変だと思ってるのよ！」

お母さんがそう言っているのを聞いて、ふるえあがった。

いつもわたしをほめてくれていたお母さんが、じつはわたしのことをそんなふうに思っていたなんて、ぜんぜん知らなかった。

だからわたしは、一生懸命《いっしょうけんめい》いい子になろうってがんばった。だけど、いくらがんばっても、ふたりのケンカがおさまることはなかった。

なんとかふたりを仲直りさせたくて、わたしが泣きながらやめてと言っても、ふたりは野良犬みたいに目をギラギラさせて、自分の言い分のほうが正しいって大きな声でののしりあっていた。

わたしの声なんて、ふたりの耳には届《とど》いていなかったのだ。

わたしにとってこの家は、平和な場所なんかじゃない。いつ争いが起こるかわからない、不《ふ》穏《おん》な場所。

だけどお母さんは、なんとか家族としての体裁《ていさい》だけは整えておきたいのだろう。離婚《りこん》はしないのだそうだ。

だってお父さんと離婚してしまったら、お母さんは自慢《じまん》の巻《ま》き髪《がみ》をゆらして、ランチやショッピングにいけなくなる。SNSで、しあわせな家族ごっこも続けられなくなる。

それなのに、お母さんはわたしに言うのだ。

お母さんががまんしているのは、全部、のぞみちゃんのためなのよって。

ああ、いやだ。

どうしてわたしの生きている世界は、こんなにも狭《せま》くてちっぽけなんだろう？

わたしは寝《ね》ころんだまま、『進路希望調査票』をにらみつけた。

お母さんなんか、きらいだ。

絶対あんな大人になりたくない。

これは、この世界から逃《に》げだすための片道切符《かたみちきっぷ》。

いつまでも、お母さんの言いなりになんてならない。

——ちくん
そう思った瞬間《しゅんかん》、胸《むね》の奥《おく》がうずきだす。

だけど、ホントにそんなこと、わたしにできるのかな。

なんだかんだ言ったって、お母さんはわたしのことを愛している。

この世でたったひとりのお母さんを見捨《みす》てるようなこと、やっぱりよくないんじゃないだろうか……。

そこまで考えて、ふうと大きく息をつく。

（結局、わたしはお母さんのいいなりになってしまうんだろうな）

手の中の、『進路希望調査票』をくしゃりと丸める。

すぐに揺《ゆ》れ動くこんな自分もすごくいや。

お母さんなんてだいきらいなはずなのに、同じくらいの強さで、愛されたいと思ってしまう。

いつか、この世界からぬけだせる日がくるのかな。

それはいつなんだろう。

ゆっくりと起き上がり、わたしはしわくちゃになった『進路希望調査票』を丁寧《ていねい》に手で伸《の》ばした。

五

その日のホームルームは、合唱コンクールの話し合いだった。午前中にあった合唱練習でも音楽の先生から注意を受け、一度クラスで話し合いをするようにと言われてしまったからだ。

「毎回注意を受けるのは、男子の声が出ていないのが一番の理由だと思います。もう少し大きな声で歌えませんか？」

わたしが問いかけると、男子たちは納得《なっとく》できないようで、口々に不満をもらした。

「なんで俺《おれ》らのせいなんだよ」

「っていうか、このクラス、男子の数が少なすぎるんだって」

大隈《おおくま》先生は自分には関係ないみたいな顔をして、机《つくえ》のまわりのプリントを整理している。

（はあ〜。どうしたらいいかなあ……）

さっきから、ぜんぜん話し合いが進まない。そろそろ教室が険悪な雰囲気《ふんいき》になってきた。

同じ学級委員の山野《やまの》くんは、へたに口出しをすると自分まで男子たちに攻撃《こうげき》されるとでも思っているのか、話し合いにも参加していない。

完全に男子たちのせいだと決めつけている女子たちは、口々に文句を言いながら、どうどうと中間テストの問題プリントを解《と》きはじめた。

（みんな、無責任だなあ）

わたしだって学級委員じゃなかったら、こんな話し合いなんてしたくない。さっさと家に帰って、ひとりで中間テストの勉強をしたいくらいだ。

だけど、合唱コンクールが来月あることは決まっているんだから、みんなで知恵《ちえ》を出し合って、なんとかしなくちゃいけないのに。

そこまで考えたところで、わたしはふと教室のうしろにある誰《だれ》も座《すわ》っていない机に目をとめた。

(あれって、鷹田《たかだ》くんの机だよね……?)

同じクラスの鷹田久志《ひさし》は、このクラスになってからまだ一度も教室にきたことがない。一年のときも同じクラスだったけど、たしか夏休み明けくらいから一度も通常《つうじょう》クラスの教室にきていなかったんじゃないだろうか。

鷹田くんは、出席番号がわたしのひとつ前で、一年生の一学期間、わたしの席の前に座っていた。

ものすごく体が大きいのに、いつも猫背《ねこぜ》で汗《あせ》をかいていたっけ。

プリントを回すときも、顔は前に向けたままで器用に手だけをうしろに伸《の》ばしていた。休み時間のチャイムが鳴ると同時にどこかにいってしまい、授業開始のチャイムが鳴るころにはいつの間にか席にもどっていた。友だちはいないようで、ひとりでいるところ以外は見たことがない。

授業中、先生に当てられても一言も話したことがないから、どんな声なのか、どんなしゃべり方をする子なのかわからないまま、いつの間にか教室から姿《すがた》を消してしまった。だけど、『若葉《わかば》ルーム』には毎日欠かさず登校しているらしい。

(そういえば、春にあった修学旅行にも、鷹田くんはきてなかったよね)

長谷川《はせがわ》さんもきていなかったけど、たしかテニスの遠征《えんせい》があるからって理由だったはず。でも、鷹田くんの理由を、先生ははっきり教えてくれなかった。たぶん、みんなになじめていなかったからじゃないだろうか。

(そういうのって、なんか、かわいそうだな)

ひとりぼっちの時間を無意味にすごす中学生活のままで卒業していいのかな。

ううん、きっとそんなんじゃあ、つまらないはず。

そこでわたしは思いついた。

鷹田《たかだ》くんも、合唱コンクールに参加すれば、最後にいい思い出ができるんじゃないだろうか。

鷹田くんがどんな声の持ち主なのかはわからないけど、いないよりはいたほうが、男子の声も大きくきこえるようになるだろうし、一石二鳥だ。

わたしは、ざわめく教室に向かって声をはりあげた。

「あの、提案があるんですけど……！」


東校舎に足をふみいれ、わたしはぐるりとまわりを見回した。

(大隈《おおくま》先生ってば、ホントにここであってるのかな)

東校舎は、特別教室ばかりが集まっている小さな校舎だ。

家庭科室と理科室への移動教室以外でくることはほとんどない。

ちょうど授業を終えたばかりの六組の子たちが家庭科室から出てきた。調理実習だったようで、授業が終わるのが遅《おく》れたようだ。

「あれっ、のぞみん、ここでなにしてんの？」

友だち数人と並《なら》んで出てきた花《はな》ちゃんが、わたしに気がついて声をかけてくれた。

「ちょっと用事があって、『若葉《わかば》ルーム』にいきたいんだけど」

わたしが言うと、花ちゃんたちは顔を見合わせた。

「そんなの、どこにあるんだっけ？」

すると、ひとりの子が手をあげた。

「たぶん、階段《かいだん》の向こうにある部屋だと思うよ」

その子のさした先を見る。たしかに、階段の向こうにひとつ教室があるようだ。

「ありがとう、いってみるね」

お礼を言ってから、目当ての教室の前に立ち、ほっとした。

（……よかった。ここだ）

ドアの上に『若葉ルーム』と書いてある。

教室の窓《まど》はすりガラスになっているので、中に人がいるのかはわからないけど、ぼんやりとあかりがついていることだけはわかった。

(……あ、でも、もしかしたらもう帰っちゃってるかな)

ホームルームが終わっていそいでかけつけたけど、『若葉《わかば》ルーム』では授業が終わったら他の生徒と顔を合わせなくてもいいように、すぐに帰宅《きたく》していいことになっているのかも。

しばらくドアの前で迷っていたけれど、わたしは手に持っていた楽譜《がくふ》を持ち直し、とりあえずノックしてみた。

コンコン
すると、バタバタと足音がしたかと思うといきなりすごい勢いでドアが開いた。

「はい」

「あっ」

思わず声をあげる。

「なんか用?」

そこには、金髪《きんぱつ》の中澤《なかざわ》さんが腕《うで》を組んで立っていた。

(中澤さん、今日きてたんだ)

一瞬《いっしゅん》息をのんだけど、すぐに笑顔を作った。

「あのう……、鷹田《たかだ》くんいますか？　同じクラスの田原《たはら》ですけど」

わたしが言うと、中澤さんのうしろでガタンとイスが床《ゆか》にたおれる音がした。

中澤さんの肩越《かたご》しにのぞきこむと、顔をまっ赤にした大柄《おおがら》な男子生徒が立ち上がり、こっちを向いてかたまっていた。

（あ、あれが鷹田くんかあ……）

そういえば、教室にいたときは背中《せなか》ばかり見ていたから、まともに顔を見たのは初めてかもしれない。

わたしはぺこりと頭を下げてから、鷹田くんの顔を見た。

「来月、合唱コンクールがあるから、鷹田くんにもぜひ参加してもらいたいと思って。クラス代表で、おねがいにきました」

そう言って、にっこりほほえむ。

鷹田くんはなにも言わずにつったったったまま、額からだらだらと汗《あせ》を流している。

（……きいてるのかな）

ちょっと心配になったけど、わたしはかまわず続けた。

「今ちょうど課題曲と自由曲、両方練習しているんだけど、楽譜《がくふ》がこれです。うちのクラス、男子の人数が少なくて、鷹田《たかだ》くんが入ってくれたら、きっとみんな喜ぶと思うし……」

そこまで言いかけたところで、

「ちょっと、ストップ！」

中澤《なかざわ》さんのするどい声が飛んできた。

「今まで鷹田久志《ひさし》のこと、気にもかけてなかったくせに、なんで急にそんなこと言いだすの」

まるで鷹田くんとわたしの間に壁《かべ》を作るように、中澤さんは腕《うで》を組んだまま、わたしをにらみつける。

「な、なんでって……」

わたしはどきどきする胸《むね》をおさえて、ゆっくりと答えた。

「鷹田くんも三年二組の一員だし、最後の合唱コンクールだから、参加したほうがいい思い出ができると思って」

「はあ?　なにそれ」

中澤さんが、ずいっとわたしの前に迫《せま》ってきた。

「あんた、なにたくらんでんの？」

長めの前髪《まえがみ》のすきまから、おそろしいほど完璧《かんぺき》に整った中澤さんの目がわたしをにらみつける。

「たくらむって、べつにわたしは……」

あまりにもの迫力《はくりょく》に、思わず声がふるえる。

「顔も名前も知らないようなクラスメートと、友情がどうしたとか絆《きずな》がなんだとかって一緒《いっしょ》に歌うことが、鷹田久志のいい思い出になるって、あんた、本気で思ってんの？　……ばっかじゃない」

「で、でも、ずっとこんなところにいるよりは、鷹田くんのためにも……」

しどろもどろで言い返そうとしたけれど、すぐに中澤さんにさえぎられた。

「は？　『こんなところ』ってなに？　ここより教室にいるほうが上だって言いたいわけ？　あんたには『こんなところ』でも、鷹田久志にはこの教室が『学校』なんだよ。あいつのたったひとつの居場所を、あんた、とりあげるつもり？」

「わたし、そんなつもりじゃ……」

「じゃあ、どういうつもりだよっ！」

まくしたてるように言われて、はっとした。

中澤《なかざわ》さんの向こうで、赤い顔の鷹田《たかだ》くんが立ったまま、ぽたぽたと涙《なみだ》を流していた。

その姿《すがた》に、言葉を失う。

「どこにいたいか決めるのは、鷹田久志《ひさし》の自由だろうが。あんたが勝手に決めんなよ。『鷹田久志のため』ってなに？　結局は、あんたのためじゃないの？」

中澤さんの言葉が、わたしの全身につきささる。

まるでマシンガンでハチの巣にされたみたい。

「なに大声出してるの、中澤さん」

ふいに近くで声がしてふりかえると、白髪頭《しらがあたま》の女の先生がプリントを抱《かか》えて歩いてきた。首から下げたネームプレートには、『北原《きたはら》』と書いてある。

「だってカズコちゃん、こいつが意味不明なこと言うから」

中澤さんはふてくされた顔でそう言い、まっ赤に染《そ》めた指先でわたしを指さす。

「こら、人のこと、『こいつ』とか言わないの。それに、指さしちゃだめ」

北原先生に言われて、中澤さんは「だってさ」と口の中でぶつぶつとつぶやいた。

「なにか、ご用？」

北原先生がメガネをはずし、やさしそうな笑顔で首をかしげる。

わたしは北原先生と中澤さん、それから制服の袖《そで》で乱暴《らんぼう》に目元をぬぐっている鷹田くんを見くらべた。

「……あ、なんでもないです。失礼しました」

早口でそういうと、その場からかけだした。

「あ、ちょっと待って！」

うしろから北原先生の声がしたけれど、足をとめなかった。

「あ、のぞみん……！」

渡《わた》り廊下《ろうか》の手前にかたまっていた六組の子たちのそばをすりぬけ、走って東校舎から飛び出す。

そのまま自分の教室までもどってから、やっと足をとめた。

息が苦しい。

心臓《しんぞう》が、まだどきどきと波打っている。

「どうしたの、のぞみん」

「鷹田《たかだ》、やっぱ合唱コン出ないって?」

まだ教室に残っていた優香《ゆうか》たちが、不思議そうな顔でわたしのまわりに集まってきた。

「ううん、そうじゃなくて」

わたしが息を整えている間に、ばたばたとうしろから花《はな》ちゃんが教室にかけこんできた。

「のぞみん、大丈夫《だいじょうぶ》?」

わたしが答える間に、優香たちが花ちゃんをとりかこむ。

「えっ、なんかあったの?」

「それがさ、のぞみんがさっき『若葉《わかば》ルーム』にいったら中澤沙羅《なかざわさら》が出てきて、『あんた、ばかじゃない』とか、『いい子ぶってんじゃねえよ』とか、すっごい剣幕《けんまく》でひどいこと言いだしたの。もうサイアク!」

「ち、違《ちが》うの!」

わたしが止める間もなく、花ちゃんが優香たちに説明をしはじめる。

「なにそれ、ひっどーい！」

「あの女、ホント調子乗ってるよね」

優香たちが、顔をゆがめて口々に中澤さんのことを悪く言いはじめる。

「のぞみん、あんなやつの言うこと、気にしちゃだめだよ」

「最低だよ、あいつ。先生に言ったほうがいいって」

みんなはさんざん中澤さんの悪口を言ったあと、今度はわたしをなぐさめはじめた。

みんなに囲まれているのに、その声がどこか遠くにきこえる。

みんなになぐさめられながら、わたしは心の中でつぶやいた。

（……違《ちが》うんだよ）

中澤さんはまちがっていない。

最低なのは、わたしのほうだ。

『若葉ルーム』にいる鷹田くんが、卒業前に合唱コンクールに出ることができれば、きっといい思い出になる。

そう思った気持ちにうそはない。
だけど、それはわたしの理想。
鷹田《たかだ》くんの希望なんかじゃない。
みんなが平和であるように、わたしはいい人になろうとしてきた。
争いごとが起きないように。
みんなが笑っていられるように。
でも、それは本当に正しいことだったんだろうか。
『どこにいたいか決めるのは、鷹田久志《ひさし》の自由だろうが。あんたが勝手に決めんなよ』
中澤さんの言うとおりだ。
絶対あんな大人になりたくない。
そう思っていたはずなのに、わたしはお母さんと同じことをしようとしていた。
そう思ったら、じわっと涙《なみだ》がこみあげてきた。
「のぞみん！」
優香《ゆうか》たちが、悲鳴をあげる。

「泣かなくていいよ」

「のぞみんは、なんにも悪くないんだから」

「……違《ちが》うの。そうじゃないの」

ちゃんと説明したいのに、声にならない。

そうじゃない、そうじゃないのに……。

わたしの声は、届《とど》かない。

優香たちに背中《せなか》をさすられ、わたしはぽたぽたと涙を流した。

六

結局、合唱コンクールに鷹田《たかだ》くんは参加せず、わたしたち二組は、九クラス中七位に終わった。

中澤《なかざわ》さんとの騒動《そうどう》は、しばらく女子たちの間でうわさになっていたけれど、それもいつの間にか忘《わす》れられていった。

中間テストも終わり、来月の志望校決定に向けて、みんな、どこか落ち着かないころのことだ。ホームルームを終え、教室を出ようとしたとき、ふいに優香《ゆうか》に呼《よ》び止められた。

「ねえねえ、のぞみん。いいこと教えてあげるー」

ふりかえると、優香たち四人が、くすくす笑ってわたしを見ていた。

「じゃーん、見て、これ」

そういうと、優香はかばんからスプレー缶《かん》をとりだした。

「兄貴《あにき》が持ってたやつ、借りてきたんだ。今からさ、これでちょっとらくがきしてやろうと思って」

優香が声を潜《ひそ》めて続けた。

「正門前の横断幕《おうだんまく》に」

「……オーダンマク？」

一瞬《いっしゅん》、意味がわからなくてききかえす。

すると優香たちがどっと笑った。

「なに、その発音！　横断幕だよ、横断幕！　中澤沙羅《なかざわさら》の名前書いてるやつ！」

くすくす笑いながら、星奈《せいな》が付け足した。

「優香、のぞみんのカタキとってあげたいんだって」

「……カタキ？　それ、どういうこと？」

わたしがききかえすと、優香が肩《かた》をすくめた。

「そのまんまの意味だよ。のぞみん、前に中澤沙羅に泣かされたじゃん？　だからわたしがのぞみんの代わりにあいつに仕返ししてやろうと思って」

優香の言葉に、足元がすっと冷える。

仕返しってなに？

どうして優香がそんなことしなきゃいけないわけ？

わたし、やってほしいなんて一言も頼《たの》んでない。

食いしばった歯の間から、押《お》し殺した声が漏《も》れる。

「……なんでそんなことするの？　優香には関係ないのに」

優香の顔から一瞬《いっしゅん》で笑みが消えた。笑っていたまわりの子たちの笑顔も固まる。

「は？　だから言ったじゃん。のぞみん、あいつに泣かされたから」

優香《ゆうか》が、イラついたように早口で言う。

（がまんしなきゃ。じゃないと、面倒《めんどう》なことになる）

そう思うのに、口から勝手に言葉があふれだす。

「だからって、優香がどうしてそんなことする権利《けんり》あるわけ？」

思いのほか大きく響《ひび》いたわたしの声に、教室に残っておしゃべりしていた子たちがだまりこむ。男子たちも、遠巻《とおま》きにわたしと優香を見くらべている。

「中澤《なかざわ》さんはまちがってない。悪いのはわたしなの。だから仕返しとかそういうの、やめて！」

わたしが最後まで言い終わらないうちに、優香は、がたんと席を立ちあがった。

「なにそれ。ひとりだけ、いい子ぶらないでよ」

優香のほうがわたしよりも身長も横幅《よこはば》もある。

ものすごい形相で見下ろされても、わたしは負けじと下から優香をにらみかえした。

「いい子ぶってるわけじゃない。本当のことを言ってるだけだよ」

わたしはすうっと大きく息をすいこむと、ひといきに言った。

「優香は元から中澤さんのことが気に入らなかったんでしょ？　カタキをとってあげるとか言って、ホントは中澤さんにいやがらせしたいだけじゃないの？　わたしを言い訳《わけ》に使わないで！」

優香はしばらくわたしをにらみつけてから、机《つくえ》の上に置いていたスプレー缶《かん》とかばんを乱《らん》暴《ぼう》につかんだ。

「なにひとりで熱くなってんの？　……ダッサ！」

吐《は》き捨《す》てるように言うと、優香はそばにある机にわざと体当たりするようにして教室を出ていった。とりまきの子たちも、顔を見合わせてから、そろそろとかばんをつかんでそのあとをついていく。廊《ろう》下《か》から、ぱたぱたと走っていく足音がきこえた。

「女子こええ〜っ」

教室に残っていた男子たちが、おどけるようにそういうと、今まで時間がとまっていたかのように息をひそめていた他の子たちがいっせいにひそひそとなにか話しはじめた。

わたしは膝《ひざ》の上で両手をぎゅっとにぎりしめた。

ついに、言ってしまった。

卒業まで、あと少しだったのに……。

ふっと誰《だれ》かの視線《しせん》に気がついて顔を上げる。

窓際《まどぎわ》の席にひとり座《すわ》っていた長谷川《はせがわ》さんが、じっとわたしを見つめていた。


帰り道、念のために正門前の横断幕《おうだんまく》を見た。

『祝・春季硬式《こうしき》テニス大会中学生の部　女子ダブルス三位入賞　三年　中澤沙羅《なかざわさら》さん　長谷川麻帆《まほ》さん』

そう書かれた横断幕は、大きくねじれてはいたけれど、特にらくがきはされていなかった。

確認《かくにん》して、ホッとする。

優香《ゆうか》だって、ばかじゃない。

あんなに騒《さわ》ぎになったのに、らくがきなんてしたら、犯人なんてすぐに特定されてしまう。

この時期に受験に不利になるようなことをわざわざしないだろう。

（っていうかよく見たら、これ、春の大会のだよね。いいかげん学校も片付《かたづ》ければいいのに）

ふと前を見ると、同じクラスの慧《けい》ちゃんと風香《ふうか》ちゃんが歩いているのに気がついた。

「慧ちゃんと風香ちゃん、よかったら、一緒《いっしょ》に……！」

声をかけようとしたら、慧ちゃんがこっちをふりかえって、すぐにぱっと目をそらした。そして風香ちゃんになにかひそひそ耳打ちしてから、足早に交差点に向かっていってしまった。

わたしはあげかけた手を下ろすことができないまま、ふたりの遠ざかるうしろすがたをぼんやり見つめた。

（……そっか。わたし、明日からハブられちゃうんだ）

そりゃあそうだよね。

わたしは優香を怒《おこ》らせた。そのわたしと関われば、ふたりもただじゃすまないだろう。

誰《だれ》だって、変なトラブルにまきこまれたくない。だから、わたしを切ったんだ。

鼻の奥《おく》がつんと痛《いた》くなる。

友情なんてもろいもの、信じてなんかいなかった。

『友だち』なんて言っても、どうせ、ちょっとしたことでうらぎられるんだってわかってた。

なのに、どうしていま、わたしはこんなにも傷《きず》ついているんだろう。

その場に立ちつくしたまま、顔を上げる。

（ああ、またわたしのこと見てる）

住宅街《じゅうたくがい》の向こう側。ブロッコリーみたいに葉をしげらせた神社の木の間から、赤と白にぬりわけられたエレベーター工場の試験塔《しけんとう》が顔をのぞかせていた。

お父さんとお母さんがケンカをはじめたとき、逃《に》げこんだベランダで。

親友だと思っていた子に打ち明けた秘密《ひみつ》の話を、みんなに広められたってわかった日の帰り道で。

小さいころからわたしの思い出のすみっこに、まるでしるしみたいに立っていたエレベーター工場の試験塔。

でも、工場の移転で、来年には撤去《てっきょ》されるのだという。

「あ～あ、どこでまちがっちゃったのかなあ……」

中学に入ってから？

女子同士でもめるようになった小学生のとき？

それとも、お父さんとお母さんがわたしの前でも平気でケンカをするようになったころ？

どこからやり直せば、手遅《ておく》れにならなかったんだろう。考えたって、わからない。

お母さんに、いい子だと思われたかった。

そうしたら、お父さんとなかよくしてくれると思ったから。

友だちと、なかよくしていたかった。

そうしたら、学校は楽しい場所になると思ったから。

それのなにがいけなかったんだろう？

わたしには、わからない。


「あのう……」

ふいに、誰《だれ》かに肩《かた》をたたかれた。

おどろいて、ふりかえる。

するとそこには、上目づかいでわたしを見る長谷川《はせがわ》さんが立っていた。

「さっきは沙羅《さら》のこと、かばってくれてありがとう」

長谷川さんはもじもじした様子でそういうと、わたしの顔をちらっと見てつけたした。

「田原《たはら》さんって、本当にいい人だね」

「えっ」

わたしが返事をする前に、長谷川《はせがわ》さんは恥《は》ずかしそうに「さよなら」と小さく手をふって小走りでかけていった。

「あ、あの……！」

わたしは遠ざかっていく長谷川さんの背中《せなか》に向かってさけんだ。

「わたし、いい人なんかじゃないよ！　臆病《おくびょう》で、ずるい人間なの」

長谷川さんが足をとめ、不思議そうな顔でふりかえる。

そして口の横に手をそえ、

「田原《たはら》さんは、いい人だよ〜〜〜っ！」

そうさけびかえすと、ひょこっと首をすくめてからまた走っていった。

「……いい人なんかじゃ、ない」

伝えようとした言葉が、秋風にさらわれる。

小さくなっていく長谷川さんの背中が校門の角を曲がったのを見届《みとど》けてから、わたしはふたたびエレベーター工場の試験塔《しけんとう》を見上げた。

わたし、いい大人になれるかな。
いい人だねって言われても胸《むね》がうずかないですむような。
そうしたら、この狭《せま》くてちっぽけな世界も、いつか変わって見えるだろうか。
大きく息をすいこむ。
キンモクセイの甘《あま》い香《かお》りが、わたしの鼻先をかすめた。

# 初春・麻帆《まほ》

# スマイル・ムーン

# 一

（はあっ、またか）

わたしは便器のふたに座《すわ》ったまま、がっくりうなだれた。

にぎりしめたスマホの画面は、カラフルなブロックでうめつくされている。

中三になってからというもの、わたしは休み時間やお昼休みごとにトイレにこもって、ずっとテトリスをしている。

なのに、まだ一度も最終ステージをクリアしたことがない。スマホの画面がすりきれそうなほど、やりまくっているというのに。

「もう一勝負っ！」

つめたい手に、ハーッと息をふきかけたとたん、個室のドアをガンガンたたく音がした。

「麻帆《まほ》っ！　ここだろ？　開けて」

（……今日はきたんだ）

無視《むし》しようかと思ったけれど、ほっといたら、そうじ用のモップを持ち出して、トイレのドアをぶちやぶりかねない。

わたしは、無言でかぎを開けた。

すると、まさしくそうじ用のモップをかまえていた沙羅《さら》が、飛び上がってあとずさりした。

「わっ、ビビった！」

わたしはちらっと沙羅を見てから、だまってスマホのゲームを続けた。

「……なによ、ま～だすねてんの？」

沙羅がモップを壁《かべ》にもどして、わたしの顔をのぞきこむ。

わたしは体をずらして、沙羅に背《せ》を向けた。なのに沙羅は、するりと個室に入ってきて、かちゃんとかぎを閉《し》めた。

「入ってこないでよっ！」

「あ、しゃべった」

（……しまった）

わたしは、わざとらしいくらい大きなため息をついて、沙羅をにらみつけた。

「なにしに学校きたの？」

「なにそれ。学校きちゃいけないわけ？　あたし、ここの生徒なんだけど」

「よく言うよ。不登校のくせして」

「あ、今あんた、さらっと差別発言したね。人権団体《じんけんだんたい》に訴《うった》えるぞ」

（あほらし）

ふと、沙羅がせおっているリュックにぶらさがる奇妙《きみょう》なゴム製のキーホルダーに目をとめた。

「それ、なに？」

わたしがきくと、沙羅はニッと歯を見せて笑った。

「いいだろ、これ。モウドクフキヤガエル。なんか知らないけど、鷹田久志《たかだひさし》がくれたんだ。ガチャで当てたんだって」

（……モウドクフキヤガエル）

そんなカエル、きいたこともないし、そんな気味悪い色合いの両生類をキーホルダーにする意味もわからない。

それを沙羅《さら》に渡《わた》す鷹田久志《たかだひさし》も、わざわざリュックにぶらさげる沙羅も、全部まとめて意味不明だ。

わたしは沙羅を無視《むし》してまたテトリスを再開した。

「……ねえ、麻帆《まほ》」

沙羅の問いかけに、

「ん？」

わたしは顔を向けずに答えた。

「あたしのこと、怒《おこ》ってる？」

その問いには答えず、だまってテトリスに集中する。

このブロックはこっちにやって、このすきまにはこれを押《お》しこんで……。

「やっぱ、怒ってんだ」

わたしは沙羅を無視して、ひたすら画面をタップし続けた。

昨日のことだ。

スクールについてすぐ、沙羅と別れてトイレにいったあと、ロッカールームにいこうとしたら、アルバイトのおねえさんに呼《よ》びとめられた。

「麻帆ちゃんは、来期も継続《けいぞく》でいいのよね？」

「えっ？」

足をとめて、おねえさんの顔をまじまじと見つめる。

一か月ほど前、体調をくずして入院した千恵《ちえ》先生の代わりに、最近受付に入るようになった大学生のおねえさんだ。

「そうですけど」

このスクールに通って八年。今まで継続の確認《かくにん》なんてされたことなかった。だってそれが当たり前だったから。

（なんでそんなことといちいちきくんだろう？　この人、新入りだからかな）

そう思いながらおねえさんが手に持っていたクリアファイルを見て、息をとめた。

すけて見えた『退会届《たいかいとどけ》』に辻崎翔太《つじさきしょうた》と書いてある。

「えっ、翔太、辞めるんですか」

わたしがきくと、おねえさんはのんびりうなずいた。

「うん。来月いっぱいでね。高校のテニス部に入ることにしたんだって」

一瞬《いっしゅん》、意味がわからなくて頭の中でもう一度おねえさんの言葉をくりかえした。

「高校のって……、いまさら部活に入るってことですか？」

「そうみたい。翔太くんの通ってる聰明学院《そうめいがくいん》って、テニスの強豪校《きょうごうこう》でしょ。部活メインでがんばることにしたみたい」

そんなこと、おねえさんに言われなくたって知っている。

翔太はせっかくあの聰明学院に入ったのに、この三年間、部活に入らずに、わざわざこのスクールに通ってたんだ。それがなんで急に高等部から部活に入ることにしたんだろう？　第一、そんな話、聞いてない。

「翔太、もうスクールきてますか？」

「あ、さっききてたけど、コーチと少し話して帰っちゃったみたい。高等部の練習に参加しなきゃいけなくて、いそがしいんだって」

うそ、うそうそ、うそ！

翔太がこのスクールを辞めるなんて、絶対信じられない！

わたしはおねえさんの横をすりぬけ、ロッカールームへ飛びこんだ。

「ねえ、きいた？　翔太のこと」

先に着がえていた沙羅《さら》にきくと、ピアスをはずしながら「うん」と小さくうなずいた。

「聡明のテニス部に入ることにしたってきいたけど、本気かな？　なんでいまさらそんな気になったんだろ？」

わたしは上着をたたきつけるようにしてロッカーに投げこんだ。だけど、沙羅はそれ以上なにも言わない。いつもの沙羅なら、わたし以上に悪態をつくに決まってるのに。

不思議に思ってふりかえると、沙羅が頭にタオルを載《の》せ、ベンチの上で三角座《ずわ》りをしていた。膝《ひざ》の間に顔をうずめている。なんだか、いつもと雰囲気《ふんいき》が違《ちが》う。

「……どしたの？」

おそるおそるきいてみると、沙羅は「あーっ！」と声を上げていきなり顔をあげた。

「ちっくしょう、ムカツク！」

「えっ、なにが？」

「なんで、翔太《しょうた》とかぶっちゃうわけ？」

「だから、なにがよ？」

わたしがきくと、沙羅《さら》は頭から乱暴《らんぼう》にタオルをひっぱると、自分の首にかけてからぼそっとつぶやいた。

「……辞めんの」

「……へっ？」

なんと言ったかわからず、ききかえす。

「だから、あたしもここ辞めんの！」

沙羅は、タオルの両端《りょうはし》を交互《こうご》にひっぱりながら、続けた。

「それも、来月いっぱいで。翔太が辞める時期とかぶるなんて、信じらんない！」

沙羅ががしがしと金色の髪《かみ》をかきむしる。

「ちょ、ちょっと待って。なんで？　どうして辞めちゃうの？」

「なんでって、トーキョーにいくから」

「トーキョーって、東京？　なにしに？」

意味がわからなくて問いただすと、沙羅はけろっとした顔で言った。

「なにって、モデルの勉強しに」

「……もでる」

わたしは力なくベンチに腰《こし》を下ろした。

（……あの話、本当だったんだ）

夏休み中、沙羅がカットモデルをつとめた美容室の画像が、ネットで拡散《かくさん》されたことがあった。そのせいで、一時期、沙羅は瞬間的《しゅんかんてき》に有名人になり、ネットのニュースでとりあげられたりした。

沙羅のママから、モデル事務所や芸能事務所の人が連絡《れんらく》をしてきたって話をきいた母は、「沙羅ちゃん、芸能人になったりしてねー」なんて言ってたけど、沙羅はそういうのに興味なんてなさそうだから、てっきり断るんだと思っていた。

だからそれっきり、その話は忘《わす》れていた。

なのに、まさか本当のことになるなんて。

（……そういえば沙羅《さら》、進路希望調査票、出してないって言ってたもんな）

夏休みの少し前、一度沙羅からメッセージがきたことがある。

『あたしがテニス辞めたら困《こま》る？』って。

あのときはまた沙羅の気まぐれかと思っていたけど、まさかあのころから考えていたんだろうか。

ほとんど学校にきてないし、きたとしても遅刻《ちこく》や早退ばっかりだったから、沙羅はもう進学せずに、フリーターかなにかになるのかなと思っていた。

それが、モデル。……しかも、東京にいくという。

つくづく、予想をうらぎる女だ。

「モデルの勉強って、なにすんの」

わたしがきくと、沙羅はわかりやすく首をかしげた。

「あたしもよく知んない」

「知んないってなによ。自分のことでしょ？」

イラッとしてそう言ったら、沙羅は肩《かた》をすくめた。

「だって、ホントに知らないんだって。住むところは事務所が用意してくれるらしいけど、バイトしながらモデルになるための学校に通って、オーディションとか受けなきゃいけないとしか、説明されてないんだもん」

「そんないいかげんな気持ちで、ホントにやってけんの？」

思わず声を荒《あら》らげたら、沙羅は大きな瞳《ひとみ》でじっとわたしを見つめた。

「いいかげんな気持ちで、こんなこと、決めるわけねえだろ。あたしはここからぬけださなきゃいけないんだ。こんなあたしでも、必要としてくれる場所があるならそこへいく。モデルはそのための一歩だ」

真剣《しんけん》な沙羅の表情を見て、足元が、すうっとした。

翔太《しょうた》と沙羅が、このスクールを辞める。

それも、ふたり同じ時期に。

わたしだけが、ここにとりのこされてしまう。

(なんでそんな簡単《かんたん》に辞めるなんて言えんの？)

だってわたしたち、人生の半分以上、このスクールに通ってるのに。

わたしはレッスン中、魂《たましい》をぬかれたようにずっと足元がふわふわしていた。

沙羅《さら》が肩《かた》ならしに打ったゆるい球でさえ、何度もとりこぼした。

「麻帆《まほ》っ！　なにやってんだよっ」

沙羅のどなり声をぼんやりききながら、きたボールを黙々《もくもく》と打ち返す。そして、また、とりこぼす。

沙羅のどなり声も、コーチの声も、きこえない。

となりのコートからきこえるボールを打つ音だけが、やけに頭の中ではっきり響《ひび》いた。


一時間半のレッスンを終えて、わたしはさっさと着替《きが》え、スクールを出た。

「ちょっと、麻帆！　待てよ」

自転車置き場の前で、沙羅に声をかけられても、ふりむかなかった。

マフラーをぐるぐる巻《ま》きにして、自転車を全力でこぎまくり、フルスピードで家に帰った。

風が、冷たかった。

二

五時間目と六時間目の間の休み時間は、南校舎三階東側トイレの、一番奥《おく》にある個室にこもった。

授業はいよいよあと一時間だ。

「よいしょっと」

わたしは便器のふたを閉《と》じて、腰《こし》をおろした。

ポケットからスマホをとりだし、テトリスの画面を開く。

背中《せなか》を丸めて、小さな画面に目をこらす。

この三年間、わたしは休み時間ごとにトイレにこもって、ひたすらテトリスをしていた。

あっちの校舎、こっちの校舎と移動して、まるで遊牧民族のように。

わたしが教室から消えても、心配してくれる友だちなんかいない。

たまに、学級委員の田原《たはら》さんが「おはよう」って声をかけてくれるだけ。

その田原さんも、沙羅《さら》をかばったことが原因で、クラスの女子たちからハブられている。

でも、田原さんは、ひとりでも全然平気そうだ。わたしを見かけたらにこやかに話してくれるけど、だからといって、ぼっち同士のわたしとはつるむ気はないみたい。基本ひとりで、受験勉強をしたり読書したりしている。

(でも、よく考えたら田原さんって、元々どこかのグループに入ってたわけじゃないしな)

きっと心の美しい人は、どんな立場になっても動じたりしないんだろう。どうしたらそんなふうになれるのか、教えてもらいたい。


わたしは小さいころから、ぱっとしない子どもだった。

両親は明るく社交的な人たちなのに、わたしは暗くて内向的だった。今、子どものころの写真を見ても、ちっともかわいいと思えない。卑屈《ひくつ》な性格が、顔に表れている。

まだ妹の美帆《みほ》が生まれる前だから、たぶん生まれつきこんな顔だったんだろう。

反対に、美帆は首のすわらない赤ちゃんのころから愛想がよくてかわいかった。

基本的な顔のつくりは同じだから、それこそ持って生まれた性分ってやつだ。

今でもはっきり覚えていることがある。

あれは小学一年生のころ、妹の美帆が生まれたその年の夏休み、わたしは両親とともに、田舎のおばあちゃんちに数日間泊《と》まりにいった。

妹の美帆は、赤ちゃんなのに表情が豊かで、美帆があくびをしただけで、まわりの大人たちはみんな、顔をほころばせた。

そのとき、わたしの横に座《すわ》っていたひいおばあちゃんに言われたのだ。

「それにくらべて麻帆《まほ》はちっともしゃべらんし、笑いもせんし、子どもらしくないねえ」って。

その言葉に傷《きず》つくと同時に、納得《なっとく》もした。

そっか。

子どもなのに、子どもらしいことができないわたしは、きっと、できそこないなんだ。

だから他の子とは、違《ちが》うんだって。

美帆はわたしとはぜんぜん違って、とても素直な子だ。

小学二年生になった今でも、両親に面と向かって「だいすき」と言える。誕生日《たんじょうび》や父の日、母の日に、手作りの『お手伝い券』と『感謝状』をどうどうと渡《わた》せる子だ。

わたしは生まれてから一度だってそんなかわいらしいこと、両親にしたことがない。

友だちだってたくさんいて、毎年お誕生日会《たんじょうびかい》には盛大《せいだい》にパーティーを開いている（ちなみにわたしが小学生のころは、翔太《しょうた》と沙羅《さら》しかこなかった）。

美帆《みほ》がいかにみんなに愛されているかというと、あのひねくれものの沙羅と翔太でさえ、『美帆ちゃん』と呼《よ》んでかわいがっているくらいだから、相当なものだ。

そして美帆はこんな暗い性格のわたしのことも、「おねえちゃん」と慕《した》ってくれる。

時々、沙羅に『美帆ちゃんが麻帆《まほ》と血がつながってるのがしんじらんねえよな』って言われるけれど、わたしも心の底からそう思う。

あんな天使みたいな子が、わたしの妹だなんて神さまも残酷《ざんこく》だ。

そもそも、わたしがテニスをはじめたのは、この美帆が生まれたことがきっかけだった。

当時、友だちと遊ぶ約束をいっさいしないわたしを母はたいそう心配していたらしい。

だけど、生まれたばかりの美帆がいて、わたしの友だちの心配まで手が回らなかった母は、手近なテニススクールに通わせようと決めたそうだ。そこで、学校外の友だちができればいいと思って。

そこでわたしは幸か不幸か沙羅と翔太と出会ったというわけだ。

もっとまともな友だちができていれば、その後のわたしの人生も変わっていたかもなあと思いかけたけど、まともな子ならきっとわたしと付き合おうとはしてくれなかったと思うから、結局は今のわたしと大差なかっただろう。

学校でも家でもぱっとしないわたしが、唯一《ゆいいつ》、おどおどせずにいられる場所は、スクールだけだった。わたしと同じはみだしものの、沙羅と翔太がいたから。

放課後、みんなが楽しそうにおしゃべりする教室や、部活でにぎわう校庭に背《せ》を向けて、校門を走りぬけた日々。

気軽に放課後の約束をしあうクラスの子たちを見ながら、心の中で、いつも言い訳《わけ》をしていた。

わたしはスクールに通っているから、学校に友だちがいないんだって。

わたしの居場所は、学校のトイレと放課後のテニススクールだけ。

なのに、沙羅《さら》も翔太《しょうた》も、スクールを辞めると言う。

(そしたら、これからわたしの居場所は、トイレだけになっちゃうのかあ)

テトリスの画面が、ぼやける。

ほほを伝う涙《なみだ》を乱暴《らんぼう》にぬぐって、わたしはスマホの画面をにらみつけた。

色とりどりのブロックが、ゆっくりとおりてくる。

これは横に倒《たお》して、右によせて、今度はひっくりかえして、この穴《あな》ぼこにねじこんで……。

行儀《ぎょうぎ》よく並《なら》んだブロックが消えていく。

どんどんブロックが落ちてくるスピードがあがっていく。そして、ヤツが現れる。

どこにもあてはまらない、やっかいなブロック。

必死で画面を連打するのに、あっという間にブロックがつみかさなっていき、あっけなく
ゲームオーバーになってしまう。

このやっかいなブロックは、わたしだ。

どこにも入れずに、上下左右に回っている。

ぐるぐる、ぐるぐる。

（この先、わたし、どうしたらいいんだろう）

年末に提出した最後の進路希望調査票には、わたしの成績でも、なんとか合格できそうな公立高校と私立《しりつ》高校を書いた。

自分を変えたいって気持ちはあるけれど、どうせ高校へいっても、わたしは変わることなんてできっこない。それなら、今と同じ生活を送っていればいいやと思っていた。そこには当然沙羅と翔太もいるはずだった。

その先の未来は、ずっと先に考えればいいやって思っていたから。

なのに、ふたりはいつの間にか、わたしよりも真剣《しんけん》に、将来《しょうらい》のことを考えていたようだ。

「……ずるいよ」

ふたりが、悪いわけじゃないことはわかってる。

……わかってるんだけど。

ホームルームの後、かたまって教室を出ていくクラスメートたちのあとを、わたしはひとりでのろのろ歩いた。

途中《とちゅう》で渡《わた》り廊下《ろうか》をぬけて、東校舎の『若葉《わかば》ルーム』をのぞきにいってみた。ちょうど戸の前に立ったとき、ガラッと扉《とびら》が開いて、中から丸刈《まるが》りの大柄《おおがら》な男子が出てきた。

「……あ、あの、中澤沙羅《なかざわさら》、いますかっ」

とっさにそう言うと、その男子はさっとわたしから視線《しせん》をそらし、赤い顔でぶるぶると首を横にふった。

(あー、また早退したのかな)

その男子はわたしから逃《に》げるように、そそくさと通りすぎていく。そのとき、男子が肩《かた》にさげていたかばんに目をとめた。これでもかと気味悪い色合いの生き物がくっついたキーホルダーがぶらさがっている。もちろん、例の、モウドクフキヤガエルもいた。

(……あ、これが『鷹田久志《たかだひさし》』かあ)

同じクラスなのに、初めて顔を知った。沙羅に負けずおとらず、変なやつのようだ。

鷹田久志の大きな背中《せなか》を見送って、わたしはひとつ息をついた。

しかたなしに学校を出て、家までの道をのろのろ歩く。

あ〜あ、今日、スクールどうしよう？

翔太《しょうた》はくるかどうかわからないけど、沙羅はスクールを辞めるまではきっとくるはずだ。けど、顔を合わせてもなにを言えばいいのかわからない。

周囲を、ぐるりと見回した。

駅前通りの歩道には、同じ制服を着た子は誰《だれ》もいない。うしろもしっかり確認《かくにん》して、スカートのポケットからスマホをとりだす。

なにかメッセージが届《とど》いていないかとホームボタンを押《お》してみたけれど、沙羅からも翔太からもメッセージは届いていなかった。

（……だよね）

そういえば、翔太は最近、動物おもしろ動画を送ってこなくなった。不愛想なのはあいかわらずだけど、夏あたりから人が変わったみたいに練習をするようになったから、あのころくらいからスクールを辞めることを考えていたのかもしれない。

この間の受付のおねえさんの口ぶりでは来期継続《けいぞく》をしないなら、届けを出さなきゃいけないようだ。

もしわたしもスクールを辞めるなら、そのことを母に説明しなくてはいけない。沙羅《さら》と翔《しょう》太《た》が辞めるから、わたしも辞めたいって言ったらなにか言われるかな。

それともやっと辞める気になったかとホッとされるだろうか。

そんなことをつらつら考えながら歩いていたら、ふいにうしろから声をかけられた。

「長谷川《はせがわ》さん」

「わっ」

手に持っていたスマホを落としそうになった。あわてて、ポケットにねじこむ。

「あっ、ごめん、おどろかせて」

そこにいたのは、田原《たはら》さんだった。かばんを持って、ほほえんでいる。

「家、こっちの方向なんだね」

そうきかれて、おどおどうなずいた。

「……あ、はい、田原さんも、こっち？」

わたしが言うと、田原さんはううんと首を横にふった。

「今日は面談で塾《じゅく》の自習室が使えないらしいから、図書館で勉強しようと思って」

「そうなんだ。すごいね」

前に話をしたとき、田原さんは、波多野《はたの》高校を受験すると言っていた。

ほんのちょっとだけ、田原さんと同じ高校になれたらいいなあって思っていたけど、即《そく》あきらめた。だって波多野高校は、わたしなんかがさかだちしたって入れない最難関《さいなんかん》の高校だ。

「すごくなんて、ないよ。絶対合格したいしね」

(ふわあ、やっぱり田原さんはすごいなあ)

わたしだったら落ちることを考えて、そんな難《むずか》しい高校を受験するなんて誰《だれ》にも言えないけど、田原さんは自信があるみたい。そういうところも、うらやましい。

そのとき、ふと視線《しせん》を感じて前を見た。

駅の方角から、制服姿《せいふくすがた》の翔太《しょうた》が体をゆらしてこちらに歩いてくるのが見えた。

(え～っ、まさかこんなとこで翔太に会うなんて)

スクールを辞めることをききたかったけど、田原さんの前でする話じゃない。それに翔太のことを変に誤解《ごかい》されても困《こま》る。このまま知らん顔しようかどうしようか迷っているうちに、翔太がそばにやってきて、「おう」と短く声をかけてきた。

「……うん」

無視《むし》するわけにもいかず、しぶしぶ応える。

「じゃ、あとで」

翔太《しょうた》はそれだけ言うと、なにごともなかったかのように通りすぎていった。

(『あとで』ってことは、今日はスクール、くるんだ)

そのときにきいてみようか。でも、ちゃんと説明してくれるかな。もやもやした気持ちで翔太のうしろすがたを見ていたら、

「……今の、誰《だれ》?」

田原《たはら》さんが首をかしげた。

「えっ? ……ああ、同じテニススクールの子」

一瞬《いっしゅん》、田原さんの存在《そんざい》を忘《わす》れていた。わたしはあわててつけくわえた。

「あ、でも、べつにそういうんじゃなくて、子どものころからのおさななじみみたいな」

誤解《ごかい》されないようにそう言おうとしたのに、田原さんはさえぎるようにして続けた。

「もしかして、辻崎《つじさき》翔太くん?」

「えっ、田原さん、翔太のこと知ってるの？」

わたしがきくと、田原さんは制服の胸《むね》ポケットに入れていた、りすとどんぐりがプリントされた手帳から小さな新聞の切り抜《ぬ》きをとりだした。

「これ見たとき、もしかしてって思ったんだけど」

わたしはまじまじと田原さんのさしだした小さな新聞の切り抜きを見た。

翔太が夏のトップジュニア選手権《せんしゅけん》で地区予選二位になったときのものだ。二位だというのに、なぜか翔太がサーブをしている写真が採用されて、スクールの掲示板《けいじばん》にもはりだされていたから見覚えがある。

「幼稚園《ようちえん》が同じで母親が同じテニスサークルに入ってたの。よく一緒《いっしょ》にコートの外で待たされてたんだよ。……っていっても、辻崎くんはわたしのことなんて、覚えてないと思うけど」

（へー、そうなんだ。意外なとこでつながってるんだな）

それにしても、田原さんって本当にいい人だ。

遠い昔、幼稚園が一緒だったというだけの男子の活躍《かつやく》を、わざわざ切り抜いて大事に持ち歩いているなんて、本当に天使としかいいようがない。

……けど、残念ながら、翔太《しょうた》は覚えてないだろうな。他人にまったく興味がないやつだし。ましてや幼稚園《ようちえん》のことなんて、絶対記憶《きおく》にないだろう。

「長谷川《はせがわ》さんも、辻崎《つじさき》くんと同じテニススクールに通ってるんだね。前に中澤《なかざわ》さんと入賞したって横断幕《おうだんまく》出てたもんね。三人とも、すごいねえ」

田原《たはら》さんは、目をきらきらさせながら、そう言った。

とたんにわたしは、言葉につまった。

「……すごくなんて、ないよ」

そういってから、肩《かた》をすぼめた。

「翔太《しょうた》はともかく、わたしと沙羅《さら》はただ、子どものころから長く続けてるってだけだもん。テニス、元々《もともと》好きじゃないし。才能だってないし。まあ、沙羅は別の意味ですごいけど」

「子どものころからって、どれくらい続けてるの？」

田原さんにきかれて、わたしは指を折って数えた。

「……八年、かな」

ぼそぼそとそう言うと、田原さんが目を丸くした。

「それなら、なおさらすごいよ」

「えっ」

おどろいて、ききかえす。

「だって、人生の半分以上じゃない。好きじゃなくって、才能もないって自分で思ってるのに、それを辞めずにそんなにも継続《けいぞく》できるって逆にすごい」

まさか、そんなことを言われるとは思わなかった。

わたしは驚《おどろ》いたまま、田原さんの顔を見つめた。

「長谷川さんは才能ないってさっき言ったけど、同じことをずっと続けられるのも、ひとつの才能じゃないかな」

「そんな、わたしなんて……」

思わず口ごもると、田原さんはにこっと笑って続けた。

「前に長谷川さん、わたしのことをいい人だって言ってくれたでしょ。わたし、自分のことをそんなふうに思ったことなかったけど、長谷川さんからはそう見えるんだよね。それと同じだよ。長谷川さんは、自分のことをよく思えないのかもしれないけど、わたしからはすごい人に見える。だから、わたしなんてって言うのはもったいないよ。もっと自信持っていいと思う」

田原《たはら》さんの言葉に、耳が熱くなる。

（……わたしが、すごい人？）

そんなこと、夢にも思わなかった。

みんながあたりまえに持っているものを、わたしだけが持っていない。

みんなは光の輪の中にいるのに、わたしだけがその輪に入れない。

ずっとそう思いこんできた。

だけどどうしてだろう。

田原さんにほめられただけで、世界の色が反転する。

「ごめんね、ひきとめて。今から、またスクールだよね。がんばって」

田原さんはかわいらしいしぐさで手をふって、わたしに背《せ》を向けて歩き出した。

（天使にほめられちゃった……！）

小柄《こがら》なのにピンとのびたその背筋《せすじ》を見送って、わたしは家に向かってかけだした。

走りたくて、たまらなかった。

## 三

待ち合わせ場所に行くと、沙羅《さら》がいつものように自転車にまたがって待っていた。わたしの顔を見ると、なんにも言わずにペダルをこぎはじめる。わたしもなにも言わずに、沙羅のあとについていく。

スクールにつくと、いつもどおり、ふたりでストレッチをはじめた。沙羅は、やっぱりなにも言わない。

屋外コートで、サーブを打つ翔太《しょうた》の姿《すがた》が見えた。

(あ、もうきてたんだ)

前までは、いつもわたしたちよりずっと遅《おく》れてコートに出てきていたのに、このところいつも早くきて、自主練なんかしている。

すぐそばを走るわたしたちに目もくれず、黙々《もくもく》とサーブを打ち続けている。

弓のように背《せ》をそらせ、美しいフォームでとらえた黄色い球は、弾丸《だんがん》のように、コートの端《はし》ではねかえる。

その姿《すがた》に、習いはじめのころ、サーブばかりを得意げに打っていた翔太《しょうた》の姿が重なった。

前を走る沙羅《さら》のしなやかな背中に目をもどす。

わたしたちはもうあと何回、ここで一緒《いっしょ》にテニスができるのだろう。

そんなこと、今まで考えたこともなかったのに。

「おーい、そろそろはじめるぞー」

荒木《あらき》コーチの声がきこえる。


八時にレッスンを終え、沙羅とふたりでスクールを出た。

翔太のマウンテンバイクはまだとまっていた。今日も居残りするみたいだ。

まつげがこおりそうなくらい、空気がつめたい。

沙羅は、あいかわらずだまったままだ。

自転車にまたがって、縦《たて》に並《なら》んで国道を走る。小学生のころから、通いなれた道。いつも一番前を走るのは沙羅で、わたしが真ん中、翔太が一番最後だったな。

そんなことを考えながら、ぼんやりペダルをこいでいたら、さけび声のような音をたてて、突然《とつぜん》、沙羅がブレーキをかけた。あわてて、わたしもブレーキをかける。

沙羅がふりかえって、ニッと笑った。

「コンビニでなんかあったかいもん、飲んでかない？」

わたしたちは、国道から裏道《うらみち》にぬけてすぐのところにあるコンビニに入った。店先に置いてある、巨大《きょだい》なスノーマンのバルーンが、風にあおられて、ひとりで暴《あば》れているように見える。

沙羅は、マシンでいれたブラックコーヒー。わたしはカフェラテを買って、店を出た。沙羅は自転車を押《お》して、すぐ横の児童公園に入っていく。

小学生のころ、三人の待ち合わせ場所にしていた公園だ。街灯が一本、たよりなく灯っている。

スタンドを立てて、沙羅は砂場《すなば》のそばにあるスプリングがついたライオンにまたがった。ゆらゆらとゆられながら、カップのふたを開け、早速コーヒーを飲みはじめた。

わたしも沙羅《さら》の横のパンダにまたがって、カフェラテに口をつける。うすいミルクの味が、胃の中をじんわりと温める。

「小学生のとき、待ち合わせ場所はここって決めてたじゃん？」

突然《とつぜん》、沙羅が言った。

「なのにさ、なんでかこれのてっぺんにのぼって待ってたよなあ」

沙羅は、そばにあるジャングルジムとすべり台とトンネルがくっついた総合遊具を指さした。

「雨がふってる日も、かっぱ着てのぼってたし。意味不明」

沙羅はそう言って、コーヒーを片手《かたて》にくすくす笑った。耳たぶのピアスが、きらりと光る。

「ほんと、意味不明」

そのとき、道路からキッとブレーキをかける音がした。

「ゲッ、翔太《しょうた》だ」

コンビニのあかりに照らされて、翔太の姿《すがた》が見えた。マウンテンバイクを押《お》しながら、公園に入ってくる。

「よお」

わたしたちの自転車の横にマウンテンバイクをとめ、仏頂面《ぶっちょうづら》で近づいてきた。

「俺《おれ》もなんか飲み物買ってこよ」

翔太はラケットバッグをかついで、コンビニへと歩き出した。そのうしろすがたを見送って、沙羅がコーヒーを飲み干《ほ》す。

「ねえ、翔太がもどってくる間に、ひさびさこれ、のぼろう」

沙羅はいたずらっこみたいな顔でそういうと、飲み終えたコーヒーカップを地面に置いて、総合遊具に手をかけた。

「……え、ちょっと待ってよ。わたし、まだ飲めてない」

わたしは翔太の消えたコンビニと沙羅が姿を消した総合遊具を見比べてから、まだ飲みきっていないカフェラテを片手にあわてて沙羅のあとに続いた。

小学校のとき以来、数年ぶりにのぼるジャングルジムは、びっくりするくらいのぼり棒《ぼう》の間《かん》隔《かく》が狭《せま》くて、首のうしろがつりそうになった。

「はやくはやく、翔太もどってくるって」

沙羅《さら》の声が、上からふってくる。

「待ってよ。だって、わたし、片手《かたて》なんだもん」

カフェラテをこぼさないようにと思うと、ますます遅《おく》れてしまう。

しばらくして、手にコーラのペットボトルを持った翔太《しょうた》がもどってきた。

そして、ジャングルジムにのぼっているわたしたちを見て、顔をしかめた。

「なんだよ、なんでそんなとこにいるんだよ」

翔太がラケットバッグをおろして、わたしたちのいるほうへ歩いてくる。

「いっちばーん」

沙羅は長い脚《あし》を器用に折りまげて、ジャングルジムのてっぺんに座《すわ》った。

わたしも、なんとかその横にたどりついた。落ちないように左手でジャングルジムの鉄棒《てつぼう》を持ち、右手でカフェラテの入ったカップをしっかり支える。

最後に翔太が、わたしと沙羅の間から顔を出す。

それは、ひさしぶりの風景だった。

暗いけれど、街灯のあかりに照らされて見るぶんには、なんにも変わっていない。

ライオンと、パンダと、カバかサイかよくわからない生き物のスプリング遊具。

砂場《すなば》に、鉄棒。ふたつしかないブランコ。

サクラの木の向こうに見える、コンビニ。

テニスからの帰り道、沙羅と翔太と別れた三叉路《さんさろ》。

昔はずいぶん遠くに見えたのに、案外すぐそばにある。

小さかったころ、ここがわたしの世界のてっぺんだった。

こんな小さな公園にも、わたしたちの人生のかけらがあるんだな。

ふっとそんなことを思う。

「前から思ってたんだけどさ、あんた、冬でもいっつもコーラ飲むよね。寒くないの？」

沙羅がジャンパーの前をかきあわせて翔太に言う。

翔太はコーラをひとくち飲んでから真顔で答えた。

「熱いもん飲んだら、汗《あせ》かいて逆に寒くなる」

その答えに、

「意味わかんないし」

沙羅《さら》が肩《かた》をすくめる。

（あっ、そうだ）

わたしはふいに思い出し、隣《となり》に座《すわ》る翔太《しょうた》に尋《たず》ねた。

「翔太、田原《たはら》のぞみさんって、覚えてる？」

翔太は、即座《そくざ》に首を横にふった。

「知らねえ」

（……やっぱりね）

そう思ったけど、いちおう田原さんからきいたことを伝えた。

「今日、駅前通りで会ったでしょ？　幼稚園《ようちえん》が一緒《いっしょ》だったらしいよ。翔太ママ、テニスサークルに入ってたんだってね。そのとき、一緒によくコートの外で待たされてたって言ってた」

説明すると、翔太はペットボトルから口を離《はな》してわたしの顔をまじまじ見た。

「もしかして、覚えてる？　田原さん、翔太の記事の切り抜《ぬ》きまで持ってくれてたんだよ？　ほら、あのサーブしてるやつ」

きいたけど、翔太はすぐに前を向いてまたぐびりとコーラをひとくち飲んだ。

「……いや」

がっくりと肩《かた》を落とす。

だろうね。翔太が覚えてるわけないとは思ったけど、せめてもうちょっと反応があると思ったのに。

（田原さん、ごめんなさい）

「なに、あの感じ悪い女がどうかしたの」

沙羅が横から口をはさんできた。

「だから、田原さんはいい人だって何度も言ってるでしょ！　だいたい沙羅のことをかばったせいで、ハブられたっていうのに文句ひとつ言わないし、天使みたい……ううん、神さまみたいにいい人なんだから」

「そんなの、あたしに関係ないし」

沙羅がぷいっと横を向く。

「それより、あんたさ、スクール辞めて聰明《そうめい》のテニス部に入るらしいじゃん。あそこって、バリバリの体育会系《たいいくかいけい》だろ？　そんな協調性なくて、ホントにやってけんの？」

沙羅《さら》に腕《うで》をこづかれても、翔太《しょうた》はさすがの体幹だ。

不安定な鉄棒《てつぼう》の上に腰《こし》かけているというのに、平然としている。

「わかんねえ」

ふたりが話しているのを横目で見ながら、リビングにかざってある、初めての公式戦の写真を思い出した。

仏頂面《ぶっちょうづら》でトロフィーを持つ翔太と、ふてくされた顔の沙羅。その横で真顔でピースをするわたし。

何枚《なんまい》撮《と》りなおしても、三人ともにこりともしないので、カメラを向けていた翔太ママががっくりしていたっけ。

八年。

田原《たはら》さんの言うように、人生の半分以上、沙羅と翔太と一緒《いっしょ》にすごしてきた。

なにか、大きな事件があったわけじゃない。

学校から帰って、ごはんを食べて、スクールへいって、テニスして。

ただ、同じような日々のくりかえし。

でも、わたしたちはこの先、一緒の思い出を作っていくことはないんだな。

そう思ったら、ふいに涙《なみだ》がこぼれそうになった。

あわてて空を見上げて、思わず声が出た。

「……うわあ」

冬の空が、笑っていた。

濃紺《のうこん》の夜空に、画鋲《がびょう》で押《お》したように、ぽちんと輝《かがや》くふたつの星。その下に横たわる三日月。

まるで、こっちを見て笑っているみたい。

「ねえ、見て、あれ！」

わたしの声につられて、沙羅と翔太が顔を上げた。

「ふたつの星が目で、上向きの月が口。なんか、空が笑ってるみたいに見えない？　こんなの、初めて見たよ。すごくない？」

興奮気味《こうふんぎみ》にそう言って、ふたりのほうに向き直ったら、ふたりとも真顔で空を見上げていた。

「……え。すごいって思わないの？」

わたしがまゆをひそめたら、

「そう言われたら、そう見えるけどさぁ」

沙羅《さら》が肩《かた》をすくめた。

「ただの星と月じゃん？」

ふたりは声をかさねて、まったく同じタイミングで同じことを言った。

「げっ、翔太《しょうた》とシンクロした。最悪！」

沙羅が顔をしかめる。

わたしは空を見上げ、それから、沙羅と翔太を見て、ふきだした。

このふたり、やっぱ、フツーじゃない。

だって、空が笑ってるんだよ？

すっごいことなのに！

わたしの笑い声が、白い息のかたまりになって夜にとけていく。

「スクールではムスッとしてたくせに、なんでそんな笑ってんの？」

沙羅があきれたようにくちびるをつきだす。

「そういえば、沙羅もスクール辞めるんだってな。……なんで？」

翔太が思いだしたようにきいてきた。

「東京《とうきょう》いくから。あたし、この街出るんだ」

沙羅が空を見上げたまま答える。

「へえ」

翔太はそれだけ言うと、またぐびっとひとくちコーラを飲んだ。

フツーならここで、なんで東京にいくのかとか、いつこの街を出ていくのかとかあれこれ質問しそうなものだけど、さすがは翔太だ。それ以上なにもきかない。

ふいに会話がとぎれ、沈黙《ちんもく》がおとずれた。

三人で、だまって空を見上げる。

「……そう言われてみたら、たしかに笑ってるみたいに見えるかもなあ」

翔太が、ぽつんと言った。

「まあね」

めずらしく、沙羅も素直にうなずく。

しばらくして、沙羅が空を見上げたまま、つぶやいた。

「こういうの、東京でも見えるかなあ」

「そりゃあ、見えるんじゃない？　東京でも、アメリカでも、セントビンセントおよびグレナディーン諸島《しょとう》でも。空はつながってるんだから」

わたしが答えると、沙羅《さら》が小さく笑った。

「なんだ、それ」

「社会の問題集に書いてあった」

「あ、そういえば、あんた受験生なんだっけ。ちゃんと勉強してんの？」

わたしはドキッとして、目をそらした。来月、私立《しりつ》の試験なのに、まだ最後まで過去問をやっていない。

「……うん、まあ。ちょっとはね」

すると、隣《となり》でだまっていた翔太《しょうた》が、ふいにポケットからスマホをとりだした。

「あれ、記念に撮《と》っとこ」

そういうと、空に向かって画面を向けた。

シャキーン

公園にシャッター音が、響《ひび》く。

沙羅とわたしは顔を見合わせ、そろそろとスマホをとりだした。

翔太をまねて画面を空にかざし、シャッターを切る。

三台のスマホの画面をよせあう。

四角く切りとられた真冬の夜空が、暗闇《くらやみ》にぼんやりとうかぶ。

「……あんまりきれいに撮れないね」

「外灯があるしなあ……」

あきらめられないのか、翔太がアプリの設定をあれこれいじって、また空に向かってシャッターを切った。

「こういう現象、なんて呼《よ》ぶんだろう？　なんかよくSNSとかであがってるよね。スーパームーンとか、ブルームーンとか」

わたしの問いかけに、翔太が答えた。

「ん～。笑ってるみたいだから、スマイル・ムーンとかじゃね？」

「さっすが翔太。ホント適当」

沙羅《さら》が小さく笑ってから、ぼそっとつぶやいた。

「東京で元気がなくなったら、これ見よっかな……」

わたしはびっくりして、沙羅を見た。

「沙羅でも元気なくなることあるの？」

沙羅がチッと舌打ちして、わたしを軽くにらむ。

「あたしだって人間だよ。こう見えて、結構苦労してんだからね」

（……ふーん）

沙羅は、ひとりで東京へいくと言っていた。沙羅は昔からあんなにもママのことが大好きだったのに、案外あっさり決めたんだなと正直びっくりした。

知っている人が誰《だれ》もいない場所へ、たったひとりで向かうってどんな気持ちだろう？

沙羅ならきっと大丈夫《だいじょうぶ》、とは思うけど、やっぱり不安もあるだろう。

どんなに強気でも、わたしと同じ十五歳《さい》なのだから。

「……あたしもだけどさ、あんた、大丈夫なの？」

「えっ」

突然《とつぜん》の質問に、沙羅の横顔を見つめる。

「あたしも翔太《しょうた》も辞めちゃって、あんたひとりだよ。スクール、どうすんの？」

「……んー、まだ決めてない」

わたしはすっかりさめたカフェラテを飲みほした。

一緒《いっしょ》に冷たい空気も胸《むね》いっぱいすいこみ、もう一度スマホの画面を見る。

わたしたちは、いろんなものを共有してきた。

おさななじみってだけじゃない。

友だちって感じでもないし、仲間ってわけでもない。

兄妹《きょうだい》でもないし、翔太にいたっては、異性《いせい》を感じることもない。

だけど、人生の半分以上の時間を共にすごしてきた、へんてこな関係。

沙羅がこの街からいなくなって、翔太もスクールを辞めるけど、わたしたちはやっぱりずっとへんてこなままなんだろうな、きっと。

「やっぱさあ……」

そこで翔太がぼそっと言った。

「コーラ、失敗だった。腹《はら》、ひえてきた」

すかさず、沙羅《さら》が言いかえす。

「あのさ、今、その情報、必要？」

「せっかくしんみりしてたのに」

沙羅とふたり、あきれたように顔を見合わせる。

「いや、最後だし、言っとこうかと思って」

「ごめん。どうでもいい」

わたしたちがくすくす笑う声が、夜空にすいこまれていく。空も、わたしたちと一緒《いっしょ》に笑っているように見えた。

四

朝ごはんのテーブルにつくなり、母が言った。

「麻帆《まほ》、きいた？　翔《しょう》ちゃんから」

わたしはだまって、食パンにメープルシロップをたらした。

「お母さんも昨日の晩《ばん》、翔太《しょうた》ママにきいたとこ。来月いっぱいで、スクール辞めちゃうんだってね。まあ、そりゃあそうだよねえ。翔ちゃん、せっかく聡明《そうめい》にいるんだもん」

リビングにかざってあるわたしたちの写真を見ながら、母がほおづえをつく。

「沙羅ちゃんは東京にいっちゃうし、翔ちゃんも辞めちゃうし。あ〜、とうとうなかよしトリオも解散ね、残念だわあ。あ、あとね。これも昨日きいたんだけど、千恵《ちえ》先生の具合、よくないそうよ。もしかしたらあのスクールももう終わりかもねぇって翔太ママと話してたの」

だまってきいていた父が新聞を広げながら、わたしを見た。

「で、麻帆はどうするんだ？」

「麻帆も来年から高校生だもんね。どう？　沙羅ちゃんと翔ちゃんが辞めても、麻帆はテニス、続ける？」

母が首をかしげてわたしの顔をのぞきこんだ。わたしは、だまって口いっぱいのトーストをかみつづける。

「……まあ、いそいで決めなくてもいいけどな」

父がぼそっと言って、大きな音をたてて新聞のページをめくった。

なにげなく顔をあげたら、ちょうど父の右手あたりにある小さな記事に目がいった。

「あ、それ」

昨日見た夜空が、四角く切りとられて載《の》っていた。

「えっ、なんだ？」

「あー、これ、美帆《みほ》も昨日見たぁ」

「そうそう、洗濯物《せんたくもの》を入れるときに、ベランダから見てたのよ。ねー」

母と美帆が、顔を見合わせる。

「へえ、昨日、こんな月が出てたのか？　知らなかったなあ」

父が新聞をひっくりかえして、記事を読み上げた。

「ええっと、なになに？『月と木星、金星が集まって見えるめずらしい現象が各地で観測された。国立天文台によると、三つの天体が狭《せま》い範囲《はんい》に集まって見えるのは、次回は四年後の春の予定』だって。へえ～」

母がコーヒーをつぎながら、目を丸くした。

「あら、案外近い未来に見えるのねぇ。じゃあ、今まであんな月、出たことあったのかしら？　わたし、生まれて初めて見たけど」

「美帆も、生まれてはじめて！」

八歳《さい》の美帆が母のまねをし、両親は顔を見合わせて笑った。

わたしは、父が置いた新聞をもう一度広げて、その記事を読んだ。

昨日見た空とは違《ちが》って、どこかよそよそしい笑顔に見える。

目を閉《と》じて、昨日の夜空を思い出した。

遠い遠い宇宙《うちゅう》の彼方《かなた》で、好き勝手にうかんでいる天体。その三つが近づいて、ほほえんでいるように見える奇跡《きせき》。

（四年後かぁ……）

もう一度、写真立てを見た。

沙羅《さら》と翔太《しょうた》と、それからわたし。

四年後には十九歳になる。

そのとき、わたしたちはどこで、誰《だれ》と一緒《いっしょ》にあの空を見上げるのかな。

どんな十九歳《さい》になっているんだろう？

この先、別々の道を歩きだしたら、もう二度と会うこともないかもしれない。

それでも、あの空を見たときにきっと思い出すだろう。

ジャングルジムのてっぺんで空を見上げた、十五歳のわたしたちを。


制服のポケットから、スマホをとりだす。

待ち受けにした昨日の空が、わたしを見てほほえむ。

手の中の空は、一段階《いちだんかい》暗くなって、それからまっ暗な画面にもどった。

「あのさ」

お弁当をかばんにつめながら、なんでもないように言った。

「わたし、スクール、続けようと思う」

そろって顔をあげた両親に、わたしはきっぱり宣言《せんげん》した。

「沙羅《さら》が東京にいっても、翔太《しょうた》がいなくなっても、わたし、続けてみる」

父と母は一度顔を見合わせてから、のんびりうなずいた。

「……そっか」

「がんばれよ」

「がんばってえ、麻帆《まほ》ちゃん！」

美帆《みほ》もにこにこ手をふった。

「じゃ、いってくる」

わたしは自分の部屋にマフラーとかばんをとりにいった。

それから、手に持ったままだったスマホをポケットに入れようとして、机《つくえ》の上に置いた。

（……まずは、ここからだ）

中学を卒業するまで、あと二か月。スマホがなければ、休み時間、なにをすればいいかわからない。

だけどとりあえず、スマホなしでやってみよう。こわくてたまらないけど。

未来の自分なんて、まだわからない。

だけど、今の自分ならわかる。

はみだし者にだって、きっとどこかに居場所はあるはず。ないなら、無理やりみつければいい。空が笑うのなら、わたしだって大口《おおぐち》をあけて笑ってやる。わたしはここにいるんだって。

「いってきます！」

つめたい風がふきすさぶ中、玄関《げんかん》の重たいドアを両手で押《お》して、わたしは学校へ向かって歩きだした。

著　**宮下恵茉**（みやした・えま）

大阪府生まれ。第15回小川未明文学賞大賞受賞作『ジジ きみと歩いた』（学研）でデビュー。同作で、第37回児童文芸新人賞受賞。主な作品に『なないろレインボウ』、『あの日、ブルームーンに。』（以上ポプラ社）、シリーズ作品に「龍神王子！」（講談社青い鳥文庫）「キミと、いつか。」（集英社みらい文庫）などがある。

絵　**鈴木し乃**（すずき・しの）

長野県生まれ。一般書の装画や雑誌のイラストなどを手がける。装画作品に『願いながら、祈りながら』（乾ルカ著）『水光舎四季』（石野晶著／共に徳間書店）など。埼玉県在住。

スマイル・ムーンの夜に

teens' best selections 47

2018年6月　第1刷
2022年6月　第8刷

著　宮下恵茉
絵　鈴木し乃
発行者　千葉 均
編集　荒川寛子
発行所　株式会社ポプラ社
〒102-8519　東京都千代田区麹町 4-2-6　8・9F
ホームページ　www.poplar.co.jp

印刷・製本　中央精版印刷株式会社

ブックデザイン　楢原直子（ポプラ社）


ISBN978-4-591-15899-9/N.D.C.913/275p/20cm



P8001047

宮下恵茉の本

# ガール！ガール！ガールズ！

木内日菜、中学二年生。優等生で可愛いおねえちゃんに比べたら、平凡だけど、学校でもテニス部でも、結構うまくやってきた――はずだったのに。「あいつ」の一言で私の世界はあっけなく崩壊した。途方にくれていたとき、奇妙な親子と出会ってしまい……。〝女子の世界〟をリアルかつユーモラスに描いた青春エンターテインメント！

装画・挿絵　山田花菜

## 宮下恵茉の本

# あの日、ブルームーンに。

学校で一人ぼっちの結愛。「早く卒業したい」そう思ってばかりいた中三の春、金髪の男の子に、初めての恋をする。とまどいの中、ブルームーンに祈りをささげた結愛の想いは……。
炭酸水のようにあまく喉を、胸をこがす、極上の青春ストーリー。

装画・挿絵　カタノトモコ

宮下恵茉の本

# なないろレインボウ

虹を見るのが好きな七海といろは。不安だらけでスタートした中学生活だったけど、二人いっしょにいると、輝きがましてくる。でも、親友だからこそ、大好きだからこそ、互いに気持ちがすれちがってしまうこともあって……。——女の子同士の友情を、繊細かつリアルに描く物語。

装画・挿絵　カタノトモコ